Youta, Toshinari
&
Taki
「二つの爪痕」

後ろから意地悪く揺さぶられて苦労したが、陽太はなんとか口内に峻成のものを迎え入れた。雁首が大きすぎるせいで少し歯を立ててしまったものの、それすらも峻成の興奮を煽るらしく、後頭部に手を回され、股間に顔を押し付けられる。
（本文P.216より）

二つの爪痕

宮緒葵

キャラ文庫

この作品はフィクションです。
実在の人物・団体・事件などにはいっさい関係ありません。

目次

口絵・本文イラスト／兼守美行

　唐突な呼び出しに首を傾げながら、春日井陽太《かすがいようた》は閉まりかけたドアから急行電車に飛び乗った。大学から走り通しだったせいで、やんちゃな仔猫のようだと言われる童顔には薄らと汗が滲《にじ》んでいる。

　陽太はまだ大学二年生だが、教員免許の取得を目指しているため必修の単位が非常に多い。ほぼ毎日一限目から五限目まで講義が詰まっており、昼間のアルバイトを入れる暇《ひま》すら無いのだ。それを知る父親がわざわざ下宿先から『大至急で』と呼び出すのだから、よほどのことが起きたに違いない。

　ローカル線に乗り継ぎ、二時間近くかけて到着した一戸建ての実家はどこか薄暗く、ごみの袋や洗濯物が無造作に転がっていた。主婦代わりの姉は綺麗《きれい》好きで、家の中をいつもぴかぴかに磨き上げているのに、何があったのだろうか。

　驚く陽太に、父の護《まもる》がやつれた顔で切り出した。

「陽菜《ひな》が、最近全然家事をしないんだ」

「ど、どうして？」

「陽菜の友達に聞いたら、歌舞伎町《かぶきちょう》のホストクラブのナンバーワンに惚《ほ》れ込んで、通い詰めているらしい。帰ってくるのは真夜中で、昼間はずっと部屋で眠ってる」

しかも陽菜はそのホストに貯金を注ぎ込んだ挙句、この間はついに家の金にまで手をつけ、護と大喧嘩《げんか》になったという。

陽太は青褪《あおざ》め、言葉を失った。

姉の陽菜は七つ年上の二十七歳で、生まれてすぐ母親を亡くした陽太にとっては実の母親以上の存在である。そんなことをしでかすなんて信じられないが、父が嘘《うそ》をつく理由も無い。

「何度も注意したんだが、陽菜は全く聞いてくれないんだ。こんなことが峻成君《としなり》の耳に入ったらどうなるか…」

護が弱々しく呟《つぶや》き、陽太もようやくもう一つの重大な問題に気付く。陽菜は半年後に結婚を控《ひか》えているのだ。

しかも、相手の藤堂《とうどう》峻成は日本有数の大企業、藤堂建設の社長令息である。護も小さな工務店を経営しているが、藤堂とは比べ物にならない規模の零細《れいさい》企業だ。接点と言えば、陽菜が勤めていた会社が藤堂の下請けだったくらいである。

だから去年、春日井工務店が不況の煽《あお》りを喰らって倒産しかけた時、峻成から突然援助を申し出られて家族の誰もが驚いたのだ。なんでも、峻成が所用で陽菜の会社を訪れた際、お茶を出してくれた陽菜を見初《みそ》めたという。

峻成は乞《こ》うた。三十二歳の今になるまで恋など一度もしたことが無かったが、陽菜に一目惚れをしてしまった。唐突で無礼なことは重々承知だが、陽菜と結婚させて貰《もら》えるなら春日井工務店への援助は惜しまない——と。

長年交際している恋人が居た陽菜だが、結局は峻成の求婚を受け容《い》れた。現在は勤めも辞め、花嫁修業中である。

姉が家族のために自分を犠牲にしたのではないかと、陽太は最初随分と心配した。峻成は地位も富も優れた容姿も持つ男だが、性格までいいとは限らない。

だが、心配は杞憂《きゆう》に終わった。峻成は温厚かつ誠実な人柄で、婚約者の陽菜だけでなくその家族にもとても良くしてくれたのだ。

父には約束の援助は勿論《もちろん》、藤堂から様々な仕事を回してくれたし、陽太も実の弟のように可愛《かわい》がってくれた。陽菜も非の打ち所の無い峻成を気に入り、最近では峻成より陽菜の方が結婚に熱心な様子だった。

なのに何故《なぜ》突然ホストクラブに嵌《は》まったのかはわからないが、いくら寛容な峻成とて、このことを知ったら怒るだろう。

もし婚約が破談になれば、藤堂からの援助は確実に打ち切られる。受注する仕事の殆《ほとん》どが藤堂からの下請けを占める今、それは春日井工務店の倒産を意味していた。

「陽太、頼む。ホストクラブ通いをやめるよう、陽菜を説得してくれ」

手を合わせる護の目元には、深い隈《くま》が刻まれていた。小柄な陽太と正反対の逞《たくま》しい身体が、一回り小さく見える。

「陽菜の結婚はもう陽菜だけの問題じゃないんだ。破談になったら俺たちだけでなく従業員も路頭に迷う」

「父さん…」

「俺じゃ駄目でも、可愛がってるお前の言うことなら聞いてくれるかもしれない。お前が最後の頼みの綱なんだ」

「…わかった。やってみる」

陽太が頷《うなず》くと、護はやっと微《かす》かな笑みを浮かべた。忙しい息子に負担をかけまいと、何日も一人で悩み続けたのだろう。こんなに弱った父を見るのは初めてで、罪悪感を覚えてしまう。

護は昔から一人息子の陽太に工務店を継いで欲しいと言っていたのに、陽太が教師になりたいと打ち明けると快く大学へ行かせてくれた。

『馬鹿ねえ。子どもはそんなこと心配しなくていいの。あんたが立派な先生になってくれれば、父さんもあたしも嬉《うれ》しいんだから』

家計を心配し、大学進学を断念しようとした陽太を、陽菜は笑顔で励ましてくれた。更には実家から通勤し、陽太の分まで家事をこなして応援してくれたのだ。

陽太が何の憂《うれ》いも抱かず夢に打ち込んでこられたのは、家族の…とりわけ姉のおかげなのだ。今度は陽太が力を尽くす番である。

護にはとりあえずリビングで待ってもらい、陽太は二階にある陽菜の部屋に向かった。

「姉さん」

ドアを叩《たた》いても返事は無い。護の話では、陽菜は早朝に帰宅し、眠っているはずだ。起こすのは可哀想《かわいそう》だが、緊急事態である。

「姉さん、入るよ」

踏み入った部屋は真昼なのに薄暗い。遮光カーテンが閉ざされているせいだ。こもった空気に漂う煙草《たばこ》の臭いが陽太の不安を煽る。

「姉さん…姉さん、起きて」

「ん…、なに…?」

陽太にしつこく揺さぶられ、陽菜は呻《うめ》きながらベッドに身を起こした。眠たげな目が陽太を見付けて大きく見開かれる。

「陽太?　あんた、学校どうしたの?」

「どうしたの、じゃないよ。姉さんが大変なことになってるっていうから」

陽菜はそれだけでぴんときたらしく、露骨に顔を歪《ゆが》めた。

「…お父さんね。あれほど陽太には言わないでって言ったのに」

「家族なんだから、言うに決まってるだろ。父さん、すごい心配してたぞ」

「あの人が心配なのは自分の会社でしょ」

いつも朗《ほが》らかな姉とは思えないそっけない口調に、陽太は戸惑った。しかも陽菜は苛々《いらいら》と煙草を咥《くわ》え、火を点《つ》ける。

「うっ……」

吐き出された煙を思い切り吸い込んでしまい、咳《せ》き込む弟を気遣うでもなく、陽菜は平然と煙草を燻《くゆ》らせる。

「別に、あんたが心配するようなことじゃないわ。大人が自分のお金で遊んでるだけなのに、文句を言う方がおかしいのよ」

「…っ、でも、家の金に手をつけたって…」

陽太が噎《む》せながら言ったとたん、陽菜の眉《まゆ》が吊《つ》り上がった。

「あれは、たまたま手持ちのお金が足りなかったから借りただけ。後でちゃんと返したわよ」

「ね、姉さん」

「お父さんは何が何でもあたしを悪者にしなくちゃ気が済まないのよ。峻成さんにばれたらどうしようって、口を開けばそればっかり」

「姉さん…本気で言ってるの？　口には出さなくても、父さんは姉さんをちゃんと心配してるよ。だから俺にも連絡をくれたわけで」

「自分だけじゃ説得出来ないから、助っ人を呼んだだけよ」

何を言っても、陽菜は素直に受け取ってくれない。途方に暮れた時、ふと思いついて尋《たず》ねる。

「もしかして、お義兄《にい》さんと何かあった？」

原因が峻成なら、藤堂から仕事を回してもらっている父には言いづらいだろう。弟でも話くらいは聞けるし、話せば少しは鬱憤《うっぷん》も晴れる。そんな期待に反して、陽菜はぎらつく目で睨《にら》んできた。

「お義兄さん…？　あんた、いつからそんなふうに呼んでるの？」

「え？　半月前くらいに会った時、もうすぐ兄弟になるのに他人行儀な呼び方は嫌だって言われて…」

「半月前、あんた帰省してなかったじゃない」

「支店がうちの大学の近くにあるとかで、帰りがけにたまに出くわすんだ」

陽菜は歯軋《はぎし》りをし、陽太に手を突き出した。

「携帯、見せて」

すさまじい迫力に勝てず、陽太は携帯電話を差し出した。陽菜は早速メールボックスを開き、一心不乱に画面に見入っている。

何故陽菜がそんなことをするのかはわからないが、見られて困るメールは無い。殆どが大学の友人からだし、あとは峻成から他愛の無い雑談のメールが届いているくらいだ。

峻成は意外にも筆まめらしく、頻繁《ひんぱん》にメールを寄越す。婚約者の陽菜には毎日のように愛のこもったメールが送られているだろう。

「どうして…」

画面に視線を注いだまま、陽菜がぽつりと呟いた。表示されているのは先週峻成から送られたメールだ。自宅の庭の薔薇《ばら》が咲いたそうで、綺麗な花の写真が添付されていた。

「姉さん？　そろそろ返して……痛っ！」

がつん、と額《ひたい》に鈍い痛みが走る。陽菜が力任せに携帯電話を投げ付けたのだ。

痛みよりも衝撃で呆然《ぼうぜん》とする陽太を陽菜は一瞬しまったというように見るが、その顔はすぐ怒りに染まる。

「どうせあんただって、あたしと峻成さんが結婚しなきゃ学費に困るから父さんと協力してるだけでしょ」

「そ、そんなわけないだろ！　俺は姉さんとお義兄さんに幸せになって欲しくて…」

「黙りなさいよっ！」

陽菜は金切り声を上げながら激しく床を踏み鳴らした。あまりの音の大きさに、驚いた父親が階下から駆け付ける。

「陽菜…お前、一体どうしてしまったんだ？」

悲しげに問う父に、陽菜が向けたのは嘲笑《ちょうしょう》だった。

「峻成さんは、あたしなんか居なくたって構いやしないわよ。仕事も絶対無くなったりしないから、安心すれば」

「姉さん」

「……二人とも、出てって」

陽菜はくるりと背を向け、毛布を被《かぶ》ってしまった。引きずり出すのは簡単だが、今の陽菜には何を言っても無駄だろう。

リビングに戻り、経緯を伝えると、護はとうとう頭を抱えてしまう。

「一体、どうすればいいいんだ……」

「姉さん、お義兄さんとうまくいってないいんじゃないの？」

「いや、それは無いと思う」

父が言うには、峻成は陽菜がホストクラブ通いを始める前からまめにデートに誘っていたし、今もそれは変わらない。陽菜が約束をすっぽかして眠っていても、少しも怒らず身体を労《いたわ》るくらいなので、父の方が恐縮してしまうそうだ。

「はあ……」

陽太は深い溜息《ためいき》をついた。

陽菜が結婚を危うくしてまでホストに走った理由が全く見出せない。だが、姉があんなふうになってしまったのには、必ず何か原因があるはずなのだ。

男二人が顔を突き合わせていると、二階から大きなトランクを提《さ》げた陽菜が下りてきた。父と弟には一瞥《いちべつ》もくれず、玄関でサンダルを履《は》き始める。

「陽菜、どこへ行くんだ」

　護と陽太が慌てて追いかけると、陽菜はこちらに背を向けたまま答えた。

「…友達の所。しばらく帰らないから」

「まさか、あのホストの所じゃないだろうな。ホストなんて女を騙《だま》すのが商売なんだぞ」

「娘をだしにして仕事を取るような男よりはましよ」

「お前は…！」

「父さん！」

　強く呼びかければ、護ははっとしたように振り上げた拳《こぶし》を収めた。普段は温厚な父だが相当ストレスが溜《た》まっていたのだろう。

「姉さんも、本気じゃないんだろ。お義兄さんとあんなに仲がいいのに、何があったの？」

　陽菜の肩を摑《つか》んだ時、ドアの外で車のクラクションが鳴った。

「タクシーが来たから行かなきゃ。…放して」

　振り向いた陽菜の表情はぞっとするほど冷たい。思わず手を放してしまった隙《すき》に、陽菜はさっさと出ていってしまう。

「陽菜……」

　苦悩に満ちた父の声がぽつりと落ちた。

その晩、陽太は実家に泊まることにした。陽菜が戻ってくるかもしれないし、これからのことも相談しなければならない。

護はあの後、重い足取りで工務店へ出向いた。戻れるのは明日の昼以降だそうなので、明日は講義を休まなければならないだろう。成り行きによっては、しばらくは実家から大学に通うことになるかもしれない。

ひとまずは友人に電話して明日の講義のノートを頼み、散らかった家を片付ける。何かしていないと落ち着かない。

姉さん…どうして……。

掃除機《そうじき》をかけて回る間にも、変わってしまった姉のことばかり考えてしまう。

ホストクラブで遊ぶのは金がかかる。陽菜の貯金もそう長くはもたないだろう。

金が無くなれば陽菜はあっさり捨てられ、深く傷付くに決まっている。大切な姉をそんな目に遭《あ》わせたくない。苦労した分まで、峻成と結婚して幸せな家庭を築いて欲しい。

幸い、峻成はまだ陽菜の乱行に気付いていないようだ。騙すのは後ろめたいが、峻成の耳に入る前に陽菜を説得するしかない。

陽菜と仲の良い友人に聞けば、陽菜の居場所がわかるかもしれない。早速連絡を取ろうとしたところで、玄関のチャイムが鳴った。

「はい、どなたですか？」

「…陽太君？」

インターフォンから聞こえてきたのは馴染《なじ》みのある声で、陽太は玄関に走った。ドアを開けると、スーツ姿の長身の男が眼鏡《めがね》の向こうで眩《まぶ》しそうに目を細める。この暑いのに、きっちり整えられた髪には一筋の乱れも無い。

「戻っていたんだね。会えて嬉しいよ」

にこりと微笑《ほほえ》むのは、陽太の未来の義兄、藤堂峻成《みなぎ》だ。

端正な顔立ちは気品に満ちているが、精力が漲る鋭い双眸《そうぼう》は雄々しい野生の鷹《たか》を連想させ、ただの甘やかされた御曹司《おんぞうし》ではないと物語る。一回り年上の峻成は陽太の同年代では決して持てない成熟した雄の色気も漂《ただよ》わせていて、会う度《たび》に気後れしてしまう。

陽太は乱れ放題になっていた猫っ毛をそっと直し、シャツの埃《ほこり》を叩き落とした。

「こ、こんにちは。この間は家まで送って頂いてありがとうございました」

「陽太君は私の義弟《おとうと》になるんだから、あれくらい当然だよ。ところで、陽菜は居るか？」

「…もしかして、姉と何か約束が？」

「いや、約束は無いんだ。彼女が行きたがっていた店の予約を取ったから、誘ってみようと思ったんだが…」

「す…すみません！」

陽太はぺこぺこと頭を下げた。

本社営業部長という要職にあり、多忙な峻成がわざわざ来てくれたのは、きっと様子のおかしい陽菜を慮《おもんぱか》ってのことだ。

なのに当の陽菜はと思うと、身内として罪悪感を覚えずにはいられない。

「姉は、その…友達の所へ行ってしまってるんです。せっかくお義兄さんが来てくれたのに…すみません、本当にすみません…！」

陽太があまりに必死に謝るので、峻成は少し驚いた様子で手を振る。

「陽太君が謝ることではないよ。連絡もせず突然お邪魔した私が悪いんだ」

「でも、忙しいお義兄さんがわざわざ時間を割いてくれたのに…申し訳無いです…」

峻成の寛容な態度が、真実を隠しているという負い目に拍車をかける。本当に、何故陽菜は峻成という人がありながらホストなどに走ったのだろう。

困り果てた陽太に、峻成が思い付いたように提案する。

「…だったら、陽太君が来てくれないか？」

「俺が、ですか？」

「嫌かい？」

「い、いえ、そうじゃなくて、俺、こんな服しか持ってないから…」

今日の服装はTシャツとジーンズだ。峻成が予約を入れるような店ではきっと浮いてしまうだろう。

「そんなに気取った店ではないよ。…それとも、私と二人だけじゃ気詰まりかな?」

姉のことを色々と聞かれたらぼろが出てしまうかもしれない。断りたいのは山々だが、何の罪も無い峻成にそこまで言われては腹を括《くく》るしかない。

「…喜んで、ご一緒します」

「良かった。車で待ってるから、準備が出来たらおいで」

峻成を見送ってから、陽太は携帯電話と財布だけを持って大慌《あわ》てで家を飛び出す。

庭先には白のレクサスが停められていた。後部座席に乗ろうとしたら、電話中の峻成に助手席を示される。

「…いえ、とんでもないことです。責任持ってお宅まで送り届けますので。はい、それでは」

陽太が助手席に乗り込むのと同時に通話は終了した。慣れた仕草で車を発進させる峻成に、陽太はおずおずと話しかける。

「お待たせしました。あの…忙しいならお仕事に戻った方がいいんじゃ…」

「ああ、さっきの電話はお義父《とう》さんにだ。心配する必要は無い」

「父に? どうかしたんですか?」

まさか陽菜絡《がら》みで何かあったのかと不安になるが、峻成は予想外のことを口にした。

「大切な陽太君をお借りするんだから、前もって連絡するのは当然だろう?」

「…は、はあ…」

峻成の育ちの良さを感じるのはこういう時だ。たかが食事に出かけるくらいでわざわざ親に連絡するなんて、どこぞの箱入り娘にでもなったみたいで照れ臭い。

「お義兄さんって、もてるんでしょうね…」

思わず呟くと、峻成は前を向いたまま苦笑する。

「どうしたんだ、いきなり」

「だってそんなに格好いいし、まめだし…羨《うらや》ましいです」

「陽太君は…恋人は居ないのか?」

「はい…友達がよく合コンに連れてってくれるんですけど、振られてばっかりです」

「…そうか、居ないのか」

峻成の声が少し弾《はず》んだように聞こえたが、すぐに別の話題を振られ、小さな違和感は消えてしまった。

一流企業の御曹司なんて、住む世界が違う人だ。陽菜のことが無くても二人きりではきっと気まずいだろうと思ったのに、峻成が積極的に話しかけてくれるおかげで時間は和やかに過ぎていく。

三十分ほど走った後、峻成は買いたいものがあると言って駅前の百貨店に立ち寄った。まっすぐ向かったのは紳士服フロアだ。高級店ばかりで陽太は落ち着かないことこの上無いが、峻成は違和感無く馴染んでいる。

峻成は迷わずその中の一軒に入った。

「いらっしゃいませ。今日は何をお探しですか？」

愛想良く近付いてきた店員に、峻成は陽太を手で示した。

「この子の服を一式揃《そろ》えたい」

「ええっ!?」

驚いたのは陽太である。てっきり峻成が自分の服を買うのだと思っていたのに、まさか陽太の服だとは。

マネキンが着ている服の値札をさっと確認し、硬直する。何の変哲も無いシャツだけで陽太の入学式用のスーツよりも高い。

陽太は早速店員に服を並べさせている峻成の上着の裾《すそ》を引っ張った。

「お義兄さん、駄目です！　そんな高いものを買ってもらうわけにはいきません！」

「ただの普段着だ。気にすることは無い」

本気でそう思っているらしい峻成に眩暈《めまい》がしてきた。金銭感覚が違いすぎる。

オーダーメイドのスーツを着こなす峻成を上客と判断したのだろう。陽太が考え込む間にも店員はせっせとシャツやパンツ、小物の類まで硝子《ガラス》ケースの上に並べ、峻成は真剣な目で吟味《ぎんみ》している。肝心の陽太は完全に蚊帳《かや》の外だ。

「陽太君、これとこれを試着してごらん」

「お義兄さーん…」

なんとか諦《あきら》めてくれないかと期待して見詰めるが、峻成は両手に持った服を引っ込めようとはしてくれない。

結局、陽菜のことでの負い目もあり、陽太は勧められるがままに次々と試着した。

峻成が最終的に選んだのは白のシャツと黒のパンツだ。どちらも上品だが遊び心のあるデザインで、量産品とは一見してものが違う。密《ひそ》かなコンプレックスの童顔も、少しは歳《とし》相応に見える気がするから不思議だ。

「お客様はとてもお可愛らしくていらっしゃるから、よくお似合いですよ。良いお兄様がいらしてお幸せですね」

微笑ましげな顔の店員は、どうやら陽太が峻成の本当の弟だと思っているようだ。こんなに似ていない二人が血の繋《つな》がった兄弟のはずがないのだが、婚約者の弟にここまでする男はそうそう居ないだろうから、間違えるのも無理は無いのかもしれない。

「そうですね。自慢の兄です」

峻成の弟だと思われるのは単純に嬉しい。照れる陽太の頭を、大きな手が撫《な》でる。

「陽太君も、私の自慢の可愛い弟だよ」

「…お義兄さん…?」

どこか切なげな眼差しに首を傾げると、峻成ははっとしたように手を離した。カードでさっと支払いを済ませ、車に戻る。

「あの…ありがとうございました。結局、こんなに沢山買ってもらって…」

走り出した車の助手席で、陽太は小さく頭を下げた。

身を包むのは下着以外全て峻成に買ってもらったものだ。これならよほど畏《かしこ》まった席でもなければ浮かないだろう。峻成は何も言わなかったが、きっと陽太が服装を気にしていたからわざわざ買い揃えてくれたのだ。

「陽太君は私の可愛い弟なんだ。弟を甘やかすのは兄の楽しみの一つだろう?」

「そうなんですか? 俺の友達で兄弟が居る奴は、皆邪魔とか鬱陶《うっとう》しいとか言いますよ」

陽太は姉しか居ない末っ子だからわからないのだが、男の兄弟というのは普通はあまり仲良くしないものらしい。

「兄弟が共に過ごせる時間は短いのだから、仲良くしないのは勿体《もったい》無いな。…尤《もっと》も、これは私だから思うのかもしれないが」

「……え?」

きょとんとする陽太に、峻成は少し逡巡《しゅんじゅん》してから告白した。

「実は…私には腹違いの弟が居るんだ」

「弟さんが？」

初耳だった。峻成の両親とは結納《ゆいのう》の席で顔を合わせているが、弟の話は出ていない。

「父が愛人に産ませた子で、啓斗《けいと》という。歳は今年で二十三になるはずだ」

愛人が赤ん坊の啓斗を置いて行方をくらませたので、啓斗は藤堂家に引き取られた。

峻成の母、民子《たみこ》は啓斗を我が子と分け隔《へだ》て無く育てた。啓斗は峻成にとても懐《なつ》き、兄弟の仲は良好だったという。

「だが、啓斗は六年前に突然家を出てしまった。元気が無い様子だったから、そのうち話を聞いてやろうと思っていた矢先だった。人を使って捜させたが、未《いま》だに見付からない。生きているのかどうかもわからない」

「お義兄さん…」

「以来、啓斗のことは家では禁句だ。…今も後悔している。どうしてあの頃、忙しさにかまけていないですぐ話を聞いてやらなかったのかと」

陽太は沈痛な横顔に胸を打たれた。

峻成が過分なまでに良くしてくれるのは、啓斗を偲《しの》んでいるからだろう。峻成のことだから、半分だけでも血の繋がった弟を、心から可愛がったに違いない。

「だから、啓斗と同じ年頃の君についつい構いたくなってしまう。…君は迷惑かもしれないが」

「そんなことありません。高いものばっかり買われるのは困りますけど、俺は男兄弟が居なかったから、お義兄さんに構ってもらえるのは、その…嬉しいです」

照れ臭くて語尾が小さくなってしまったが、峻成には届いたようだ。車がちょうど信号で停まったので、こちらを向く。

「私も、可愛い弟にそう思ってもらえて嬉しいよ」

「…お義兄さん、その顔で可愛いってあんまり言わない方がいいですよ」

そんなに甘く微笑まれたら、普段の冷たい表情とのギャップで女性ならぐらりときてしまうだろう。陽太でさえ少しときめいてしまったのに。

「他の誰にも言わないよ…陽太君にだけだ」

峻成は眩しいものでも見るかのように目を細めた。


陽太は陽菜の友人に片端から連絡を取ってみたが、陽菜の行方を知る者は一人も居なかった。携帯電話も着信拒否されてしまい、陽太や護から陽菜には一切繋がらない。

三日が経つ頃には陽太も長期戦の覚悟を決め、一旦アパートに戻って着替えや教科書などを揃えてきたわけだが、予想外の事態に陥《おちい》ってしまっていた。

「陽太、今夜S女のテニスサークルと合コンやるんだけど、どうだ?」

四限目の教育心理学が終わると、友人の皆元《みなもと》が声をかけてきた。

「ごめん、今日は」

用事がある、と言うより早く、悪戯《いたずら》っぽい笑みで混ぜ返される。

「ああ、でもやめといた方がいいか。どうせまた店員に年齢確認されるんだから」

皆元は自分の言葉に大いに受け、げらげらと笑い出した。陽太がむっとして睨んでも全く効果が無い。

この童顔のせいで、たまに飲み会に行ってもほぼ確実に高校生か中学生に間違われてしまうのを、皆元はよくからかうのだ。

派手で目立つ皆元と陽太とではかなりタイプが違うのだが、不思議と馬が合ってよくつるんでいる。皆元に言わせれば、陽太は可愛がっている甥《おい》っ子に似ているので放っておけないそうだ。ちなみに、皆元の甥っ子はまだ小学生である。

「…心配しなくても、今日は用事があるから行けないよ。それじゃ」

時計を確認し、さっさと外に出る。ここは正門から一番遠い教室なので、少し急がなければ約束の時間に間に合わない。

「ごめん…怒った?」

追いかけてきた皆元が小さく手を合わせたので、陽太は苦笑する。

「本当に用事があるだけだって。皆元こそわざわざどうしたの？」

「や…だってお前、家のことで大変みたいなのにさ、不謹慎《ふきんしん》だったかなって」

姉が留守の間実家に滞在することになったと伝えただけなのだが、何かあったのだと察しているらしい。ちゃらい外見に反して細やかな気遣いの出来る男なのだ。

「大丈夫、心配しないで。もしかしたら、またノートとか頼むかもしれないけど…」

「お安い御用だけどさ…あんま、無理すんなよ。俺に出来ることがあったら言えよ？」

「…うん、ありがとう」

嬉しくなって笑うと、皆元は陽太の頭をくしゃくしゃと掻《か》き混ぜた。完全に小学生の甥っ子と同じ扱いだ。

「もう、それはやめろって言ってるだろ！」

「悪い悪い。お前の頭が、ちょうどいい場所にあるもんでさ」

「ちょっと背が高いからって、いい気になってんなよ。…あれ？」

正門の前に長身の男を見付け、陽太は駆け寄った。

「お義兄さん！　どうしてここに？」

「近くにパーキングが無かったから、車は運転手に任せて陽太君を迎えに来たんだ」

「忙しいのに、手間を取らせてしまってすみません…」

「いや、陽太君の通う大学を見られて楽しかったよ」

鷹揚《おうよう》に笑う峻成こそ、陽太の新たなる悩みの種である。

食事に連れて行かれた夜、陽菜の行き先を問われ、とっさの思いつきで友人と旅行に出たと誤魔化《ごまか》したのがいけなかった。実家から通学して陽菜の代わりをすると言った陽太に、峻成は車での送迎を申し出てくれたのだ。

満員電車に一時間以上揺られるよりは車の方が遥《はる》かに楽で早いが、実の兄でもない人にそこまで甘えられるはずもない。断固断ろうとしても峻成は引かず、結局は後ろめたさもあって押し切られてしまった。

皆元がくいっと陽太のシャツを引っ張る。

「おい、陽太…誰?」

「ああ、姉の婚約者で藤堂峻成さん。お義兄さん、友達の皆元です」

陽太が紹介すると、峻成は皆元に小さく頷いてみせた。

「いつもうちの陽太と仲良くしてくれてありがとう」

「あっ…は、はい!」

峻成の端整な顔と年齢にそぐわない威厳に緊張したのか、皆元はぎくしゃくとお辞儀《じぎ》をする。

「じゃあ、皆元。俺はここで」

手を振って別れようとする陽太に、皆元は素早く耳打ちをした。

「お前さ…気を付けろよ?」

「……？」

いきなり何を言い出すのかと聞きたかったが、峻成が先に行ってしまったので、陽太は慌ててその後を追いかけた。

正門を出てすぐに藤堂家の車が到着し、二人を乗せて走り出す。

運転手付きの高級車に乗るのは今日が二日目だ。その乗り心地には馴染んでも、すぐ隣に峻成が居るのにはどうしても慣れない。

「あの…お義兄さん、気持ちはすごく嬉しいんですけど、やっぱり送迎なんてやめて下さい。お義兄さんの時間が勿体無いです」

「このくらい、何の負担になるものか。それに、可愛い弟の顔を見られればストレスも吹き飛ぶ」

微笑みと共にそう言われてしまえば、陽太は引き下がるしかない。峻成は陽太を可愛がることで異母弟を失った痛手を癒《い》やしていると知ってしまったからだ。姉の仕打ちに対するせめてもの償《つぐな》いでもある。

「腹が減っているだろう。寿司《すし》屋の予約を取ってあるが、寿司は好きか？」

「寿司!?」

寿司は滅多に食べられない大好きなご馳走《ちそう》だ。目を輝かせる陽太に、峻成は慈愛《じあい》のこもった眼差しを送る。

「好きなようだな。良かった」

「あ、で、でも、そんなにおごってばかりもらうわけにはいきません…！」

峻成には昨日も美味《おい》しいすき焼きを食べさせてもらっている。ぶんぶんと首を振るが、峻成は笑みを深めるだけだ。

「私が食べに行きたいんだよ。一人では寂《さび》しいから、付き合って欲しいんだ。ああ…もしや、お義父さんの食事の用意があるのか？」

「…いいえ、父は今夜は店に缶詰めなので」

それに、峻成に申し訳無いとしきりに零《こぼ》している父ならきっと、峻成の気が済むまで付き合えと言うだろう。

数分ほどで到着した寿司屋は、こぢんまりとした上品な店だった。藤堂家は馴染み客らしく、大将がカウンターの向こうから挨拶《あいさつ》をしてくる。

初めての本格的な寿司屋に緊張する陽太の代わりに、峻成は色々と頼んでくれた。

「お義父さんにも後で何か包ませよう。しかし…陽太君が家で一人なのは心配だな。陽太君さえ良ければ、うちに泊まらないか？」

「いやいやいや、何言ってるんですか、お義兄さん。俺はこれでも成人した男ですから」

陽太はぱたぱたと手を振って突っ込んだ。皆元といい、峻成といい、陽太が幾《いく》つに見えているのだろう。

峻成の手からずるりとお絞《しぼ》りが落ちた。

「…成人…」

「なんでそこで驚くんですか…」

大学まで迎えに来ておいて、本気で小学生だとでも思っていたのだろうか。そっぽを向いていじける陽太に、峻成が言い募《つの》る。

「あ、いや、そういうことではないんだ。確かに君は子ど…、童顔だが」

「…今、子どもって言おうとしましたよね」

「あ……っ」

ちらりと横目で見れば、峻成はいつもの落ち着き払った態度からは想像出来ないほどうろたえてしまっている。

陽太はおかしくなって噴《ふ》き出した。

「ぷぷっ…お、お義兄さん、その顔…」

「陽太君…？　怒っていないのか？」

「子どもっぽいって言われるのには慣れてますから。お義兄さんが真に受けてくれるので、つい調子に乗っちゃって」

ごめんなさい、と舌を小さく出しながら謝ると、峻成は苦笑して許してくれた。

普段は触れれば切れてしまいそうな冷たい美貌《びぼう》が、笑みを乗せたとたんとても優しげになる。

そうさせているのが自分だと思うと、なんだか少し嬉しくなる。

「驚いたわけではなくて、しまったと思ったんだ。陽太君が二十歳の誕生日を迎えていたのに、何も祝ってやっていなかった」

「そんなの、気にすること無いですよ。お義兄さんにはいつも本当に良くしてもらってるし、普通はただの義弟の誕生日なんて把握《はあく》しませんって」

本来、陽太は陽菜のおまけだ。陽菜があんなことをしでかした今となっては、申し訳無くてとても祝ってなどもらえない。

「ただの義弟なんかじゃない。君は私の、可愛い大切な……弟だ」

「お義兄さん…」

真剣な表情に、胸が締め付けられる。

陽菜は峻成とはきちんと連絡を取っているのだろう。でなければ、流石《さすが》の峻成でも陽太に何か尋ねてくるはずだ。

こんなにも優しく誠実な人を、陽菜は騙している。だがそれは、黙っている陽太や父も同罪だ。

もし真実を知ったら、峻成はきっと今みたいに優しい眼差しを注いではくれなくなるだろう。怒り、蔑《さげす》むかもしれない。

その様を想像するだけで悲しいのは、峻成が陽太にとってそれだけ大切な存在になりつつあるからだ。

やはり、一日も早く陽菜を捜し出さなければならない。陽菜が不在の間でも、義弟をこれほど気遣ってくれたのだと伝えれば、陽菜もきっと峻成がどれほど得難《えがた》く誠実な男か気付いてくれるだろう。

黙って考え込んでいると、峻成がふと表情を曇《くも》らせた。

「すまない…迷惑だったか」

「あっ…いえ、違うんです。お義兄さんって本当に良い人だなって、感動しちゃって」

「…良い人、か」

口元を苦々しげに歪める峻成に、陽太の言葉を喜ぶ様子は無い。何故、と疑問に思った時、ポケットの中の携帯電話が着信を告げる。

峻成が頷いてくれたので、陽太は店の外に走り出た。

『もしもし、陽太君？　今、大丈夫？』

「…麻衣子《まいこ》さん？　はい、少しなら大丈夫ですけど、どうしたんですか？」

電話の相手は陽菜の高校時代からの友人、麻衣子だった。陽太にとっても年上の友人のような存在だ。陽菜がホストクラブに嵌まっていると父に教えてくれたのも彼女である。

陽菜の友人の中で、真実を隠さず伝えたのは麻衣子だけだ。麻衣子も陽菜の行方は知らなかったのだが、何かわかったらすぐに連絡をくれると言っていたので、期待が募る。

『実は…昨日、会社の打ち上げで新宿《しんじゅく》に行ったんだけど、そこで陽菜を見かけたの。こっそり後をつけたら、アルカディアっていうホストクラブに入っていったわ』

携帯電話を握る手に力がこもる。陽菜は麻衣子に肝心の店やホストの名前までは教えていなかったのだ。

「…じゃあ、姉さんが居そうな時間帯に電話すれば、替わってもらえるでしょうか？」

『多分、相手にしてもらえないと思うわ。ああいうお店は客の個人情報を厳守するから』

「そんな……」

せっかく糸口が見付かったのにと気落ちしたのは僅《わず》かな間だけ。すぐに新しい案が閃《ひらめ》く。

「麻衣子さん…その店の住所とか、後でメールしてもらってもいいですか？」

『え？　ええ、それは勿論構わないけど…』

どうするつもりか聞きたがる麻衣子を適当に誤魔化して通話を切る。

峻成の元に戻るべく店の戸を開けた瞬間、切ったばかりの携帯電話が再び着信し、陽太は驚いて床石に躓《つまず》いてしまった。

「わっ…！」

真正面から床に叩き付けられるはずが、陽太を受け止めたのは広く逞しい胸だった。どっどっと脈打つ心臓を宥《なだ》めながら顔を上げれば、狼狽《ろうばい》しきった峻成がすさまじい剣幕で問い詰める。

「陽太君、無事か!?　怪我《けが》は…どこも、何ともないのか？」

「は、はい…大丈夫、です…」

「そうか……良かった…」

峻成の表情がみるまに緩《ゆる》み、安堵《あんど》の笑みが浮かぶ。

…お義兄さん、こんな顔もするのか…。

頭の奥で、遠い記憶が揺らめいた。

陽太の全身をすっぽりと包み込む、見た目よりもずっと逞しい腕。硬い胸板。微かに香る、涼やかなコロン。抱き締められるのは初めてのはずなのに、妙に懐かしい。

「お客様、大丈夫ですか？」

調理場から出てきた大将が心配そうに問いかける。

「だ、大丈夫です。迷惑をかけてすみません」

本当は、さっきから右の足首が痛みだしていた。つんのめった弾みで捻挫《ねんざ》でもしたのだろうが、歩けないわけではないし、これ以上迷惑はかけたくない。

「お義兄さんも、すみません。ありがとうございました」

胸を軽く叩き、放して欲しいと訴《うった》えるが、峻成は険《けわ》しい顔で陽太を抱き上げる。

「お義兄さん…っ？」

「何故嘘をつく。足が痛いんだろう？」

「な…、どうして…？」

呆気《あっけ》に取られる陽太の背中を、大きな手が子どもでもあやすかのように撫でた。

「見ていればわかる。陽太君は何でもすぐ顔に出るからな。すぐに治療しなければ、身体に障《さわ》る」

「これくらい、大丈夫ですよ。ただの捻挫だと思うし、家に帰ったら湿布《しっぷ》でも貼《は》っておきます」

「素人《しろうと》判断をするな。きちんと医者に診《み》せなくては駄目だ」

峻成は厳しい口調で告げ、大将に一言詫《わ》びてから店を出た。待っていた車の後部座席に陽太を丁寧《ていねい》に乗せ、自分も隣に乗り込む。

「家にやってくれ」

「春日井様の御宅には寄らなくてよろしいのですか？」

「ああ、構わない。今日は陽太君を家に泊める」

峻成と運転手の会話を聞き、陽太は慌てて声を上げた。

「俺、泊まりません。帰ります！」

さっきの着信はきっと麻衣子からのメールだ。食事が終わったのなら、すぐ自宅に戻って調べたいことがある。

だが、峻成はにべも無かった。

「駄目だ。家に医者を呼んで治療させる」

「で…でも、泊まる必要なんて…」

「君が怪我をしたのは、一緒に居たのに守りきれなかった私の責任だ。…頼むから、私の目の届くところで治療を受けて欲しい」

真摯《しんし》な眼差しを注がれ、言葉に詰まる陽太に、峻成は更にたたみかける。

「それとも、どうしても帰らなければならない理由でもあるのか？」

「いえ…ありません」

とっさにうまい言い訳も思い付かない。陽太が仕方無く承諾《しょうだく》すると、峻成はほっとしたように陽太の頭を撫でた。

車はほどなく藤堂家に到着した。お邸《やしき》、という表現がぴったり嵌まる日本家屋《にほんかおく》だ。陽菜は何度か訪れているはずだが、陽太は結納の時以来二度目である。

「峻成さん、おかえりなさい。…あら？　貴方《あなた》は、陽菜さんの…」

出迎えてくれた峻成の母、民子が峻成に抱きかかえられた陽太を見止め、怪訝《けげん》そうに片手で口元を覆《おお》った。

とても三十代の息子が居るとは思えない若々しさを誇る美人なのだが、陽菜に対する言動にはそこはかとなく棘《とげ》があり、あまり印象は良くない。

「陽太君に怪我をさせてしまったので、今夜は泊まってもらいます。世話は私がしますから、お母さんは構わないで下さい」

「まあ、峻成さん、何を言うの。峻成さんったら」

追い縋《すが》ろうとする民子を無視して、峻成は足早に離れへと引き上げた。いいのだろうかと思うものの、民子と話さずに済んだのはありがたい。

客室には既《すで》に布団《ふとん》がのべられていた。その上に丁寧に下ろされるとすぐに藤堂家の主治医が訪れ、陽太の足を診る。

診断はやはり軽い捻挫で、数日で完治するだろうとのことだった。患部を冷やされ、湿布を貼られたおかげで痛みもかなり和らぐ。

医者が帰った後、ずっと付き添っていた峻成が新品の下着と浴衣《ゆかた》を出してくれた。

「不快だろうが、今夜は入浴は控えて眠った方がいい。自分で着替えられるか？」

「あ、はい。ありがとうございます」

早速着替えようとシャツを脱ぎ始めたら、峻成が小さく咳払いをして立ち上がった。

「…食事の途中だったから、腹が空いているだろう。何か軽いものを用意させる」

着替えと同様、使用人に持って来させればいいのに、峻成はわざわざ自分で取りに行ってしまう。

小さく首を傾げながら新しい下着に着替え、慣れない浴衣に苦戦していると、襖《ふすま》が静かに開いた。峻成が戻ったのかと思いきや、現れたのは民子だ。

「こ…、こんばんは。遅くにお邪魔して申し訳ありません」

義兄の母と何を話していいのかわからず、とりあえず頭を下げる。

「いいのよ。峻成さんが怪我をさせてしまったそうで、こちらこそごめんなさいね」

民子の視線は何故か陽太の胸元に注がれている。襟《えり》元が乱れているのが見苦しいのかと思って直そうとしたら、民子が手を伸ばしてきた。

「私が直してあげるわ。若い人は着慣れないから難しいでしょう」

「あ、ありがとうございます」

礼を言ったものの、民子の手が素肌のあちこちをかすめていくせいでくすぐったい。笑ってしまうのを堪《こら》える陽太に、民子がくすくすと笑う。

「お顔はよく似ているのに、陽太さんは陽菜さんよりずっと大人しいのね。それに…とても可愛いわ」

「可愛いなんて、そんな…あの…?」

民子の手は動くのを止め、さっきから陽太の胸元に入ったままだ。流石に不審に思い始めた頃、峻成が戻ってくる。

「お母さん？　構わなくていいと言ったはずですが、何をしているんですか?」

「あ、あら、峻成さん。お客様にご挨拶をしないわけにはいかないでしょう?　…陽太さん、私はこれで失礼しますね。ごゆっくり」

ぱっと手を引っ込めた民子が、そそくさと部屋を後にする。その後ろ姿をひと睨みしてから、峻成は土鍋《どなべ》の乗った盆《ぼん》を置き、陽太を座らせる。

「すまない。母に何か言われただろう?」

「いえ、本当に挨拶だけですよ。浴衣を着られなくて困ってたら、直してくれました」

まだ疑っているらしい峻成に、きちんと合わせられた襟元を見せる。

峻成は小さく息を吐いた。

「ならいいが、もし不快なことを言われるようだったら遠慮無く教えてくれ。母はあの通り子離れ出来ない人で、陽菜はよく泣かされていたようだから」

「姉さんが…」

家出に至った原因の一端はそれだろうか。だが峻成は母親に随分とそっけないし、婚約者より母を優先させることは無いと思える。

民子も以前ほど印象は悪くなかった。愛人の子を分け隔て無く育て上げた女性だ。芯《しん》から悪い人ではあるまい。

「大丈夫だ。君は…いや、陽菜は私が守る」

誠意のこもった言葉は頼もしいばかりだった。この人なら大丈夫だ。きっと陽菜を幸せにしてくれる。

「お義兄さん、姉さんをどうかよろしくお願いします」

陽太は峻成が止めるのも聞かず、布団の上でしっかり正座し、頭を下げた。

「…それは、私の言葉だ。陽菜を通して、私たちは家族になる。末永く、よろしく頼む」

峻成も律儀《りちぎ》に正座して頭を下げる。布団がのべられた和室で向かい合い、挨拶をする姿はまるでひと昔前の床《とこ》入りのようで、陽太はぷぷっと笑った。峻成もそれを指摘されると苦笑し、空気は一気に砕けたものになる。

それから間も無く、陽太は食事を済ませて布団に入った。隣には峻成の分の布団があるが、峻成は風呂を使いに行ったので今は居ない。知らない家に一人では心細かろうと、隣で休んでくれるつもりなのだ。心遣いはありがたいが、やはり子ども扱いされているのではと少し不安になる。

…明日こそ、家で調べて、姉さんを連れ戻さなきゃ…。

峻成を待とうと思うそばから眠気が押し寄せてくる。

…お義兄さんのためにも、姉さんのためにも…俺が、頑張らないと…。

完全に眠りに落ちる寸前、襖が開く僅かな音がした。

「…陽太君、眠ったのか?」

峻成の声は聞こえていたが、眠くて応えられない。すると、すぐ傍《そば》で湯上りの石鹸《せっけん》の匂いが仄《ほの》かに香った。唇の端に、柔らかなものが触れる。

「私の…可愛い、陽太…」

甘く切ない囁《ささや》きは、眠りに落ちた陽太には届かなかった。

翌日、藤堂家の車で大学まで送ってもらった陽太は、キャンパスには入らず近くのインターネットカフェに飛び込んだ。

最近のホストクラブは、時代の流れに合わせてホームページを持つ店が多い。案の定、パソコンで検索するとすぐにアルカディアというホストクラブのホームページが見付かった。アクセスマップの住所が麻衣子からのメールにあったものと同じだから、陽菜が通い詰めている店に間違い無い。

客の興味を煽るためか、ホームページには所属するホストの名前と顔写真が掲載され、売上順に並べられていた。

魅《み》せ方を心得たホストたちがカメラ目線で客にアピールする中、一番上のホストだけが異彩を放っている。写真が収まるべき枠《わく》の中には何も表示されておらず、プロフィール欄《らん》も真っ白なのだ。記されている情報は源氏名《げんじな》の『タキ』と、二十三歳という年齢だけ。

陽太は必要な情報を携帯電話に入力してからカフェを出た。電車に乗って向かうのは新宿である。

父の話では、陽菜が入れあげているホストは店のナンバーワンだ。つまり、タキという名のホストである可能性が高い。

麻衣子から電話をもらった時、思い付いたのだ。姉を見付けだすのが無理なら、ホストの方を当たればいいのではないか、と。

姉の相手のホストを説得し、もう店には来ないよう姉に言い聞かせてもらうのだ。客を失うことになるホストがやすやすと聞き入れてくれるとは思えないが、こちらの窮《きゅうじょう》状を訴えるしかない。

陽菜が家を出てそろそろ一週間。全く顔を見せない婚約者に、峻成も不審感を抱き始めているはずだ。式の準備もある。最早《もはや》、一刻の猶予《ゆうよ》も無い。

店が開く前から近くで張り込み、タキが現れたら捕まえ、説得する。肝心のタキの顔がわからなかったのは痛いが、店に入ろうとする容姿の整った男を片端から当たるしかあるまい。

アルカディアの開店時間は午後六時だ。ホストの出勤時間帯まではわからないから、しばらく時間を潰《つぶ》し、四時から待つことにした。

幸い、アルカディアは大きな通りに面しており、すぐに見付かった。今はまだあまり人気の無い路上で、蒸し暑さを堪えながら一時間近くが経過した頃、柄《がら》の悪い男の二人組が声をかけてくる。

「おいお前、さっきからこそこそと何やってんだあ?」

竦《すく》み上がる陽太を、二人は素早く店の横の路地に引きずり込んだ。必死にもがいても両側から捕らえる男たちの手はびくともしない。

「は、放して下さい！　俺はただ、タキさんに用があって…」

「だったら尚更《なおさら》だな。この店はうちの組のシマなんだ。お前みたいな不審者を野放しにしておけるか」

陽太の言い分は全く聞き入れられず、壁《かべ》に叩き付けられた。にやりと笑った男が、拳を振り上げる。

激痛を覚悟した陽太だったが、次の瞬間、無様に地面に這《は》わされているのは男の方だった。

新たに現れた青年が、倒れ伏した男を無感動に見下ろしている。筋骨逞しい男を一撃で沈めたのは、青年の長い足だ。

「不審者はどっちだろうね。うちの店はどこの組にもケツ持ちなんて頼んでないはずだけど？」

「……っ」

「そうそう。最近この辺で組を名乗ってカツアゲしてる奴らが居るっていうんで、本職の方々が探し回ってるって聞いたなあ。ああ、さっきもそんな人たちが…」

「…いっ、行くぞ！」

青年が言い終わらないうちに、無事だった男が倒れた男を無理矢理起き上がらせ、ほうほうのていで逃げ出していく。

「あの…どうも、ありがとうございま…」

礼を述べようとして、陽太は息を呑《の》んだ。こちらを振り向いた青年は、驚くほど華やかな美貌の主《ぬし》だったからだ。

日本人離れした彫りの深い顔立ちは近寄りがたいほど冷たく整っているが、やや垂れ気味の目が甘さと柔らかさを与えている。

ナチュラルウェーブのかかった長めの髪は明るい栗《くり》色で、出会った者の視線を奪わずにはいられない華があった。同じく並外れた容姿の主である峻成が鷹なら、こちらは孔雀《くじゃく》である。

欠点と言えば、その目にまるで生気を感じられないことくらいだ。

「別に。子どもがぼこぼこにされるのを見過ごすのは寝覚めが悪いと思っただけだから」

「こっ…子どもって…」

「小さな子がこんな所をうろうろしちゃ駄目だよ。ほら、お家にお帰り」

峻成といい、青年といい、美形はどうして陽太を子ども扱いするのだろうか。かちんときて反論しかけた時、大通りから若い女の声がかけられた。

「タキ、いつまで待たせるの？　早く行きましょうよ」

「……!?」

懐かしい声を聞き、陽太は反射的に通りに飛び出していた。まさかとは思ったが、驚きに目を瞠《みは》っているのは陽菜だ。

「やだ…陽太？」

「姉さん……」

陽太は啞然《あぜん》とした。一週間ぶりに会う姉はけばけばしい化粧と派手な服に身を包み、普段からはかけ離れた姿だったのだ。

だが、姉が身を翻《ひるがえ》そうとするので我に返り、その手首を摑む。

「待ってよ、姉さん！　家に帰ろうよ。父さんも俺も、あれからずっと心配して捜してたんだよ!?」

「放して！」

陽菜は女とは思えない力で陽太を振り解いた。陽太を睨み付けてから、成り行きを見守っていた青年にひしと縋り付く。

「タキ、助けて！」

「…タキ？」

陽太ははっと思い出す。タキはアルカディアのナンバーワンで、陽菜が夢中になっているホストだ。

「貴方が…タキさん、なんですか？」

「そうだけど、君は？」

陽太と陽菜の只事《ただごと》ではない様子にも、タキは全く慌てていない。だがそれは落ち着いているというよりも、揺さぶられるような感情を持ち合わせていないように見える。

「俺は、そこに居る陽菜の弟です。姉さんを連れ戻しに」

「帰らないわ！」

皆まで言う暇も与えず、陽菜が噛《か》み付いた。

「あたしは帰らないわ。あたしなんて居なくても誰も困らないんだから」

「そんなこと…」

「あたしを必要だって言ってくれるのはタキだけよ。絶対離れないわ…！」

タキの長身に隠れ、毛を逆立てた猫のようにこちらを威嚇《いかく》する姉の姿は、陽太を打ちのめした。

あれは本当に、幼い頃から母親代わりに育ててくれた優しい姉なのだろうか。家族や峻成よりも、タキを選ぶというのだろうか。肯定されるのが怖くて、何も聞けない。

重苦しい沈黙を破ったのはタキだった。

「…陽菜。今日はもう帰って」

「えっ…？　でも、せっかく同伴したのに」

「ちょっと用事を思い出したんだ。今日は店を休むから、帰って」

陽菜はしばらく縋るようにタキを見詰めていたが、タキに微笑みかけられると真っ赤になって頷き、駅方面へ駆け出した。

とっさに後を追おうとした陽太の前を、タキが塞《ふさ》ぐ。

「ど、退《ど》いて下さい！」

「あれ？　君、僕に用があって来たんじゃなかったの？」

指摘されてやっと思い出した。陽太は元々タキに陽菜を説得してくれるよう願うためにここまで来たのだ。

陽太には頑《かたく》なだった陽菜が、タキの言うことは素直に聞き入れた。もしタキが陽菜を説得してくれれば、陽菜は家に戻ってくれるかもしれない。

勿論、タキにそんな義理は無い。だがタキは見ず知らずの陽太を助けてくれた。誠心誠意願えば聞き入れてくれる可能性はある。

陽太は意を決して口を開いた。

「あの…っ、お願いがあるんです。聞いてもらえますか？」

「んー、聞くのは構わないけど、場所を移そうか。こんな所で君みたいな子と一緒に居たら、お巡《まわ》りさんに捕まりそうで怖いし」

つまり、陽太が未成年だと間違われて補導されかねないと言いたいらしい。いちいち癪《しゃく》に障る物言いだが、頼みごとをする立場では反論など出来ない。

陽太はタキに連れられ、店の近くにあるコーヒーのチェーン店に入った。中途半端な時間帯のせいか、二階の奥のソファ席には陽太たち以外の客はおらず、人目を気にせずに済みそうだ。

「で、話って何？」

コーヒーを優雅に啜《すす》り、タキが尋ねる。

落ち着いてじっくり観察すればするほど綺麗な顔立ちの男だった。店のホームページに写真を載《の》せていなかったのも頷ける。これほど容姿に恵まれていれば、宣伝などしなくても客の方から押し寄せてくるだろう。…おそらく、陽菜もその一人だ。

陽太は緊張を押し殺し、口を開いた。

「俺、春日井陽太です。さっきタキさんと一緒に居た陽菜の弟です」

「ふうん。その陽太君が、僕に何のお願いかな？」

「…姉に、もう店に来ないようタキさんから言って欲しいんです」

陽太は峻成のことなどはぼかして事情を説明し、膝《ひざ》に額がつくほど深く頭を下げた。

「こんなことをお願いするのは筋《すじ》違いだってわかってます。でも、姉さんは俺や父さんの話を聞いてくれない。もう、タキさんにお願いするしかないんです。どうか、お願いします…！」

言い終えてからじっと反応を待つが、返ってくるのは重たい沈黙だけだ。

怒らせてしまったのかと心配になり、視線だけを上げると、タキはじっと陽太を見詰めていた。

明るい茶色の双眸には何の感情も浮かんでいないが、整いすぎた顔はよく出来た人形のようで、さっきの二人組に絡まれた時よりも強い寒気を覚えてしまう。

「ホストは本来、ゲストの個人情報は話しちゃいけないことになってるんだ。…だから、これから喋《しゃべ》るのは全部独り言」

「は……？」

タキの『独り言』は、陽太を不安のどん底に叩き落とした。

友人の紹介でアルカディアに来店した陽菜だが、タキに魅了され、毎夜のように通うようになった。ナンバーワンホストを指名し続けるのにはただでさえ金がかかるのに、陽菜はタキの歓心を買うために湯水の如《ごと》く金を浪費し続けた。

結果、陽菜のささやかな貯金はすぐに底を尽き、陽菜はタキと会う金を稼《かせ》ぐためにキャバクラで働き始める。陽太がいくら陽菜の友人筋を捜しても無駄だったのも道理で、陽菜は家を飛び出した後、キャバクラの寮で暮らしていたらしい。

「怪《あや》しい業者から借金もしてるって噂《うわさ》だし、風俗に沈められるのも遠い話じゃないかもね。歳はいってるけど、あの童顔だったら充分客が付きそうだし。以上、独り言終了…って、どうしたの？　そんな真っ青な顔して」

「なんで、そんなこと…姉さんをそんなふうにしたのはあんたじゃないか！」

陽太が苛立《いらだ》ち紛《まぎ》れにテーブルを打ち付けると、タキは涼しい顔のまま肩を竦めた。

「それは僕の台詞《せりふ》じゃない？　僕から陽菜に何かねだったことは一度も無いんだ。ゲストが自発的にすることを、どうしてホストが止めなくちゃならないのかな？」

「うっ…」

「陽菜だっていい歳の大人なんだ。それで結婚がぶち壊しになるっていうなら、自業自得だと思うけど」

正論そのもののタキの言葉に、怒りがすうっと冷めていった。

確かにその通りだ。責められるべきは陽菜であって、タキではない。

「でも…、俺は姉さんに、幸せになって欲しいんです」

陽太は姿勢を正し、まっすぐにタキを見据《みす》えた。

「姉さんが後で不幸になるってわかってるのに、放っておくなんて出来ない。姉さんにもしものことがあったら、お義兄さ…姉の婚約者も悲しみます」

「……」

「お願いします。俺に出来ることなら何でもしますから、姉を説得して下さい。どうか、お願いします…！」

深々と頭を下げるのはこれで二度目だ。タキに聞き入れてもらえるのなら、土下座《どげざ》でも何でもするつもりだった。

「…何でもするって、本気？」

だから、タキが問いかけてきた時、陽太は迷わず頷いた。

「はい！　…でも、何をすれば？」

真っ先に思い付くのはやはり金だが、大きな店のナンバーワンを張るホストが貧乏《びんぼう》な大学生から金をせびるような真似《まね》をするとは思えない。

もしや何か犯罪行為に加担しろとでも言われるのかと身構えた陽太に、タキは予想外の要求を告げた。

「君が僕を身体で満足させてくれるなら、陽菜を説得してあげてもいいよ」

「…は…?」

陽太はあんぐりと口を開けた。

身体で満足させるという言葉の意味が、わからないわけではない。だが自分は男で、タキも男だ。男同士でもセックスが可能なのは知っているが、タキほどの美形が平凡な陽太を相手にする必要があるとは思えない。望めばどんな美男美女でも思いのままに出来るだろうに。

「あー、もしかして意味わかってない？　つまり、君のお尻《しり》に僕のちんこを突っ込ませて欲しいっていうことなんだけど」

「わ、わかります！」

さらりと露骨な表現をされ、陽太は真っ赤になって手を振った。傍を通りがかった女性客が、ぎょっとした顔で振り向いていく。

「流石に俺でも、それくらいはわかってます…でも…」

いくら姉のためとはいえ、いきなり同性とのセックスに及ぶのには抵抗がある。自分が受け容《い》れる側だとすれば尚更だ。

項垂《うなだ》れる陽太を、タキは容赦《ようしゃ》無く追い詰める。

「もし結婚が破談になったら、お義兄さんの実家は君んちから手を引くだろうね。建築業界なんて横の繋がりが強いから、他の業者が依頼を寄越すことも無くなる。会社は倒産、従業員はバラバラ、お父さんは再起不能。そうなれば、陽菜が借金抱えて戻っても助けてやれないよね」

「……っ！」

「言っとくけど、あの手の金融業者に自己破産なんて言い訳は通用しないよ。男なら臓器を売られてお終いだけど、女は使い物にならなくなるまでナマで売春させられて、壊れたり孕《はら》んだりしたらゴミみたいに捨てられる。…ああ、陽菜みたいなのが好きってロリコンの変態は幾らでも居るから、玩具《おもちゃ》として買い取ってくれるかもしれないけど」

「…もう、やめて下さい…」

男たちにいいようにされる姉を想像してしまい、陽太は弱々しく首を振った。罠《わな》にかかった兎《うさぎ》をいたぶる肉食獣のようなタキの視線が、全身に絡み付く。

「じゃあ、どうなの？　姉思いの陽太君は、大切な姉さんのために、お尻に突っ込まれてくれるのかな？」

もしかしたらタキは、無茶な条件を提示して、暗に陽太の要求をはねのけようとしているのかもしれない。

けれど、姉を救う方法がこれだけしか無いのだとしたら——。

「…タキさんの言う通りにします。だから、姉さんを助けて下さい」

毅然《きぜん》と言い放った陽太に、タキは意外そうに目を見開いた。それは陽太が初めて垣間《かいま》見た、タキの感情が揺れる瞬間だった。


ホテルの部屋に入るなり、陽太は裸になるよう命じられ、羞恥《しゅうち》で死にそうになりながらも従った。タキはと言えば、さして興奮しているふうでもなくソファで長い脚を組んでいる。

「それじゃよく見えない。手、外して」

鋭い指示が飛び、陽太は性器を覆っていた手を外す。項垂れたままのそれを見て、タキはくすりと笑った。

「薄いし、小さいね。子どもみたい」

「……っ」

思春期を迎えても薄らとしか毛の生えなかった幼げな性器は、童顔と並んで陽太のコンプレックスである。唇を噛み締める陽太に、タキは部屋の真ん中にあるベッドをしゃくってみせた。

タキが陽太を連れ込んだのはゲイのカップルがよく利用するというラブホテルだ。小さな部屋の大半を占めるベッドの大きさや、薄暗い照明が羞恥と屈辱《くつじょく》を煽る。

だが、この一時さえ乗り切れば姉は助かるのだ。姉のためだと己を奮い立たせ、ベッドに上がったはいいものの、女の子とすら経験の無い陽太である。男同士のセックスはそこからどうすればいいのかわからない。

そこへ、ベッドに乗り上げてきたタキがそっと陽太を押し倒した。素裸の陽太とは異なり、上着を脱いだだけだ。近付いてくる茶色の瞳にも、何の色も浮かんではいない。

「ふ……っ」

僅かな疑問を覚える間に唇が重なった。反射的に引き結んでしまった唇をぬめった舌が咎《とが》めるように突き、口内に侵入してくる。

「んぅ、ふ、ん…っ」

生まれて初めての口付けはたちまち深くなり、巧《たく》みな舌使いが陽太を翻弄《ほんろう》する。搦《から》め捕られた舌を強弱をつけて吸われ、扱《しご》かれ、痺《しび》れるような快感が腰からじわじわと広がっていく。

「んんっ…、やぁっ…！」

するすると下りていったタキの手が股間《こかん》に触れた瞬間、陽太の背がびくんと跳《は》ねた。何も刺激されていなかったはずの性器が、硬くなっていることに気付いたのだ。

「この程度で勃《た》てちゃうなんて、君、もしかして童貞《どうてい》？」

濡《ぬ》れた唇を手の甲で拭《ぬぐ》い、タキが首を傾げる。その仕草は陽太ですら目を奪われるほど艶《つや》めかしいのに、触れ合った身体は少しも熱を帯びていない。

陽太の疑問はますます大きくなった。

自分の意志でセックスをしようとしていながら、タキは全く興奮していない。陽太が条件を呑んだのが不本意なら、「やっぱりやめた」と言えばいいだけなのだ。姉という弱味がある以上、陽太は従わざるをえないのだから。

ならば、一体タキは何のために陽太を抱こうとしているのだろう?

「ふうん、童貞か。やっぱりね」

陽太の返事も待たず、タキは納得顔で頷いた。ぎょっとする陽太の性器の先端を、タキの指先が突く。

「あっ…、どう、して…」

「そんなの、見ていればわかるよ。君は何でもすぐ顔に出るから」

——見ていればわかる。陽太君は何でもすぐ顔に出るからな。

まさか、タキに峻成と同じことを言われるとは思わなかった。つい苦笑を漏《も》らしたとたん、先端の小さな穴をタキの指が容赦無く抉《えぐ》る。

「痛ぁ…っ!」

「君さあ…、自分が何されてるか、本当にわかってるわけ?」

タキは陽太の性器を握り込み、揉《も》みしだく。力任せのそれは愛撫《あいぶ》ではなく、罰《ばつ》を与えているかのようだった。だが他人の手など初めての陽太は、それにすら追い詰められていく。

「こんないかにもなホテルに連れ込まれて、素っ裸にされて、男にちんこ握られてさ。どうして笑ってられるの？」

「あ、ああっ、いぁ…っ」

「初対面の人間にべらべらと事情を話したりしちゃって、僕が逆に君を脅迫《きょうはく》したらどうするつもりなの？　君だって立派に風俗で売り物になるんだよ」

「あ！　やっ…ぁ、あ…」

「どうして陽菜の…あんな女のために、僕なんかに身体を差し出せるわけ？　賭《か》けてもいいけど、あの女は絶対君に感謝なんてしないよ。むしろ、僕を横取りされたって恨《うら》むかもしれない。…君は、損しかしない。なのに、どうして？」

「あ…っ、あああっ…！」

喋る間も休み無くタキの手は動き、陽太はついに絶頂に押し上げられた。自慰とは比べ物にならない快感が押し寄せ、塞《せ》き止められていた熱が一気に解放される。

身の内で暴れる熱を宥めながらタキの言葉を思い返し、陽太は困惑した。絶対的優位にあるはずのタキが、まるで陽太の不注意を咎めているようだったからだ。

「そんなの…、家族だからに決まってる」

陽太がやっと呼吸を整えて答えると、タキの眉がぴくりと動いた。

「親も弟も婚約者も放り出し、借金を作ってまでホストに入れ込む女を、どうしてそんなふうに思えるわけ?」

「タキさんの知ってる姉さんは、そうかもしれません。…でも、俺にとっての姉さんは、やっぱりこの世で一番俺のことを愛してくれる大切な人なんです」

陽太の母は、陽太を産んですぐに亡くなった。自分だってまだ幼く、母親が恋しい年頃だっただろうに、陽菜はそれからずっと母親代わりとして陽太を慈《いつく》しんでくれたのだ。

母を知らない陽太に母の温《ぬく》もりを与えてくれたのは陽菜だった。どんな時でも傍に寄り添い、支えてくれた。愛してくれた。だから陽太は子ども心に誓ったのだ。いつか姉が困ることがあったら、その時は絶対に自分が助けるのだと。

「男に抱かれることに抵抗が無いわけじゃありません。でも、たかが俺の身体です。女の子みたいに妊娠するわけでもない。姉さんの将来を守れるのなら、喜んで差し出します」

「…それで、自分が泥水を啜ることになっても?」

「構いません。姉さんと…お義兄さんが幸せになれるのなら」

陽太がきっぱり断言するや否や、タキはおもむろに身を起こし、床に下りた。ここまできて気が変わったのかと危惧《きぐ》する陽太の前で、シルクのシャツが脱ぎ落とされる。

「え……?」

シャツに続いてズボンと下着、靴下までもが豪快に脱ぎ捨てられ、タキは瞬《また》く間に裸になった。

露《あらわ》になった裸身に、陽太は息を呑む。

ほっそりとした外見に反して、タキの肉体は肉食の獣のようにしなやかな筋肉に覆われていた。そしてその股間では、美しい顔には不釣合いなほど大きくグロテスクな雄が血管を脈打たせながら天を仰《あお》いでいる。

観賞用の美しい人形のようだったタキは、最早どこにも居なかった。ここに居るのは、獲物を捕らえ、貪《むさぼ》る獣だ。

さっきまでは服も脱がず、全く興奮していなかったのに、どうしていきなりそんなにやる気になっているのか。

「君は陽菜が話してた通りの子だね。本当に素直で、優しくて……反吐《へど》が出るくらいに純粋だ」

タキは再びベッドに乗り上げ、動揺する陽太にずいと顔を近付ける。確かに笑っているはずなのに、茶色の瞳にゆらゆらと揺らめくのは激しい苛立ちだ。だが、初対面の人間にここまで激昂《げっこう》される理由にまるで見当がつかない。

「教えてあげるよ。身体を売るっていうのがどんなことか」

タキは鋭い犬歯を見せ付けるように唇を開き、がぶりと陽太の乳首に噛み付いた。

「いっ…、ああっ！」

痛い、なんてものではなかった。タキの歯がめり込んだ柔な皮膚は裂け、赤い血が胸を伝って流れ落ちていく。

激痛のあまり、陽太は思わずタキの頭を摑み、引き剝《は》がしそうになった。だが、タキがちろりと見上げてきたとたん、腕から力が抜ける。

やめて欲しいならやめてあげる。タキの探るような眼差しは、雄弁にそう告げていた。

陽太が一言言えば、タキはきっとすぐさまやめてくれる。そしてその後は陽太など一顧だにしなくなるだろう。存在ごと無視されるに違いない。それは予感ではなく、確信だった。

試されているのは、陽太の覚悟だ。ならば存分に見せてやればいい。

陽太は引き剝がそうとしていた手をタキの後頭部に回し、ぐっと自分に引き寄せた。硬い歯がいっそう深く食い込み、痛みはますます酷くなる。

自ら身を差し出した生贄《いけにえ》に、タキはふっと笑ったようだった。

「そう。少しはわかってるみたいだね」

「ううっ…、あっ…」

「身体を売るっていうのは、自分の尊厳を残らず他人に踏み躙《にじ》られるってことだ。何をされても文句は言えない。出来るのはただ、歯を食い縛って耐えることだけ」

タキが乳首を嚙んだまま喋るせいで傷口はなお抉れ、血が溢《あふ》れ出る。だが、尋常ではない痛みよりも、タキの台詞の方が気になって仕方が無かった。まるで、タキも身体を売ったことがあるかのようではないか。

「大事な大事な姉さんのために、可愛い陽太君はどこまで耐えられるかな？　ふふ、楽しみ」

「あ…っ」

さんざん嚙んで満足したのか、タキはやっと陽太の乳首を解放した。血と唾液に塗《まみ》れた乳首が、外気に晒《さら》されてずきずきと痛む。

まだ始まったばかりでこんな状態では、これからどんな痛い目に遭《あ》わされることか。滲《にじ》み出た不安と恐怖を、陽太は優しい姉と義兄を想うことで追い払う。

絶対に、やめてくれなんて言わない。これは陽太が選んだ取引だ。被害者面して泣いたりなんてしない。

血を流す乳首を庇《かば》うでもなく、じっと自分を見上げてくる陽太を、タキは不思議そうに見下ろしてから口の端を吊《つ》り上げた。

いたぶり甲斐《がい》のある獲物を見付けた猫のような笑みに、背筋がぞくりと粟《あわ》立つ。

「…絶対、やめてって泣かせてやる」

タキは枕元に置いてあった小さなボトルを手に取り、ごろりと仰向けに横たわった。突然の行動に面食らう陽太をちょいちょいと手招く。

「乗って。ああ、お尻は僕の方に向けてね」

「そ…、れって…」

雑誌で仕入れた知識が閃き、陽太は恐怖も忘れて真っ赤になった。それはいわゆるシックスナインというやつではないか。

恥ずかしいが、拒む権利は無い。陽太はタキに促されるまま、タキの上半身を跨《また》ぎ、無防備な尻をタキの目前に晒す。

「ひあっ！」

冷たいものが蕾《つぼみ》に触れ、そのままにゅるりと中に入ってきた。硬直する陽太の胎内《たいない》に、ひんやりとした液体が広がっていく。

「あ…っ、な、に…」

「大丈夫。効き目は弱いし、違法なやつじゃなかったから」

タキの言うことの意味はすぐにわかった。濡らされた胎内が、じわじわと不自然に熱くなってきたからだ。さっきの液体に何か入っていたとしか思えない。

「あぁぁっ…！」

再び入ってきたのは、タキの長くしなやかな指だった。液体を塗り込めるようにぐちゅぐちゅと動かされると、熱はいっそう高まって陽太を内側から焼いていく。

「何してるの。お口が留守になってるよ」

「あっ！」

ぺしん！　と高い破裂音が響いた。タキが陽太の尻たぶを平手で打ったのだ。

その痛みすらすぐさま快感に変換されるのに戸惑いつつも、陽太はなんとか肘《ひじ》で体重を支える。その体勢が、タキによりはっきりと蕾を捧《ささ》げることになるとも知らずに。

「ん……っ」

間近に見るタキの雄の偉容に圧倒されながら、陽太は大きな先端を含んだ。

他人のものをしゃぶるのは勿論初めてなので、ぎこちなく舌を這わせるくらいしか出来ない。火傷《やけど》しそうなほど熱い茎《くき》を手で支え、一心に舐《な》めていると、タキが指を増やし、胎内の異物が一気に嵩《かさ》を増した。

「ふぁああっ！　あ…っん」

二本の指に臍《へそ》の裏側辺りを抉られ、電流のようなすさまじい快感が頭から突き抜ける。弾みで口内から零れ出た雄が、びたんと陽太の頬《ほお》を打った。

「すごいな…ここ、そんなに感じるんだ？」

「あぁ！　や、ああ！」

そこばかりを苛《いじ》められ、股間に熱がぐんぐん集まり、既に一度達したはずの性器が再び硬くなる。時折する自慰では一度でぐったり疲労してしまうのが嘘のようだ。

「ああぁっ…ぁ、あ、やあっ！」

もう少しで達するというところで根元を塞き止められ、陽太はそそり勃つ雄の上に突っ伏してびくびくと尻を震わせた。どうして、と振り向いて視線で抗議すれば、タキはくくっと愉快そうに喉《のど》を鳴らす。

「僕に買われたくせに、自分だけ気持ち良くなってどうするの？」

妙な潤滑剤《じゅんかつざい》を使って陽太を追い詰めたのはタキのくせに、勝手な言い分である。だが、どんな理不尽にも黙って従わなければならない。それが、身体を売るということ。

陽太は股間の疼《うず》きを堪え、再びタキの雄を咥えた。待ってましたとばかりに胎内を探る指がまた増やされ、ずっちゅずっちゅといやらしい音をたてて中を広げていく。

「あっあっ、あ、ふあぁ…」

「ほーら、駄目でしょ？」

ぱしん、ぱしん！

少しでも快感に意識を持っていかれそうになると、すぐさま尻を叩かれる。悪戯をした幼児への仕置きめいた行為は、身体の痛みよりも心に負う痛手の方が大きい。きっとタキも、承知の上でやっているのだ。陽太にやめてくれと言わせたくて。

「ん、…っふぅ…」

陽太はくずおれそうになる膝に力を入れて踏ん張り、懸命《けんめい》に雄を舌で愛撫した。自分でする時の感覚を思い出し、どうすれば気持ち良くなるか必死に考える。

竿《さお》の根元を揉みしだきながら先端を吸っていると、タキが腰を浮かせ、自ら雄を陽太の口内に突き入れてきた。

「ふあっ……！」

陽太は歯を立ててしまわないよう精一杯口を大きく開き、雄を受け容れた。

頭の部分ですら苦労したのだ。蛇《へび》が這うようにずるずると入り込んだ雄は、とても根元までは収まりきらない。半分も飲み込まないうちに先端が喉を突く。

「ふ、うう、ん、んん、ふっ…」

胎内から指が引き抜かれ、代わりに冷たい何かが挿入されるや、労りも容赦も無い突き上げが開始された。

ブブブブブ、と小さな振動音と共に胎内のものが蠢《うごめ》く。おそらく、枕元に備え付けられていた男根型のバイブだろう。

無機質な玩具に快感を無理矢理高められながら、がっちりと尻を鷲《わし》摑みにされ、ごんごんと喉奥を突かれる。

まるで人間ではなく、男の快楽に奉仕するための道具になったようだった。縛《いまし》めから解放され、こんな状況でも絶頂を極めようと勃ち上がる自分の性器が惨《みじ》めな気持ちに拍車をかける。

「ん！　う、んぅっ！」

「く……っ」

ひときわ強く突き上げられ、ぎゅっとタキの太股にしがみついた瞬間、口内で雄が弾けた。

同時に陽太も達し、待望の蜜《みつ》をタキの胸板に撒《ま》き散らす。

「ん…っく、ん…」

胎内を掻き混ぜるバイブを零してしまわないようきゅっと蕾を窄《すぼ》め、陽太は吐き出された大量の精液を飲み込もうとした。だが、粘り気のある濃厚な液体を全て嚥下《えんげ》するのは叶わず、げほげほと咳き込んでしまう。

すると、タキは陽太を横向きに転がし、自分もその隣に頭を並べた。吐息が触れるほど近くから顔を覗《のぞ》き込まれる。

「…馬鹿だね。吐き出せばいいのに、全部飲んだりするなんて」

「…っ、ふ、そんな、こと…、したら、姉さん、助けてもらえない…」

達してもなおバイブは胎内を無慈悲に抉り続け、身体の疼きは強くなる一方だ。

陽太は震える手でタキの手を取り、両手でぎゅっと握り締めた。まるで、神に祈りを捧げるかのように。

「お願い…、姉さんを、助けて」

自分がどんなにみっともないことをしているのか、快感に侵食されつつある頭でもわかる。けれど、峻成のような大人の包容力もタキのような美貌も持たない陽太には、こうして縋ることしか出来ない。

「お願い、します。俺、何でもするから…だから…あぁっ！」

深々と入り込んでいたバイブを一気に引き抜かれ、すさまじい快楽に襲《おそ》われた。目の前が真っ白に染まり、ほんの一瞬、何も見えなくなる。

「本っ当に……むかつくなあ」

苛立った声が聞こえ、脚を大きく開かされながら仰向けにされた。脚の間に逞しい腰が入り込み、熱いものが無防備な蕾に押し当てられる。

「う…あ…っ！」

小さな蕾を散らされる痛みに、陽太は軽く仰《の》け反《ぞ》った。まだ少しぼやけた視界に、白い額に薄らと汗を滲ませたタキが映る。

怒りと欲望に染まった顔は、出逢った時が嘘のように生気に満ちていた。何がそこまでタキを昂《たかぶ》らせているのかわからず、困惑する陽太の脚が、肩につきそうなほど高く掲《かか》げられる。

「ほら、よく見ておきなよ。自分の処女喪失《そうしつ》の瞬間を」

「ひっ…ぃ、あ、ああぁっ」

「男なのに、僕みたいな最低の男にヤられるなんて、屈辱だろう？　悔《くや》しくて、惨めだろう？

……今なら、やめてあげてもいいんだよ？」

耳元で囁くタキからは、さっきまでの余裕は失われていた。陽太を唆《そそのか》すのではなく、まるでやめてくれと言って欲しいと懇願《こんがん》しているかのようだ。

少し目線を下げれば、小さな蕾には余る大きすぎる雄がめり込んでいるのが見える。まだ先端も収まり切っていないのに、強い痛みと圧迫感を感じるのだ。全部を入れられたらとてもこんなものでは済むまい。

けれど、逃げたいとは思わなかった。これで姉が…日常が戻ってくるのなら構わない。

返事の代わりにタキの背中に腕を回すと、小さな舌打ちの音と共に雄が侵入を始めた。

「い…、あぁぁぁあっ…！」

無機質なバイブよりもなお大きくむっちりとした熱い肉の凶器は、陽太に激痛をもたらした。潤滑剤でほぐされていたにもかかわらず、大きな先端が中を切り拓《ひら》いて進むにつれ痛みは酷くなり、タキの背中に思わず爪を立ててしまう。

買われた分際で、買い主に傷をつけてしまった。痛みに苛《さいな》まれながらも、はっとして手を離そうとしたら、タキが囁いた。

「そのままでいいよ。…辛《つら》いんだろ」

「ぁ…っ、でも、…俺、からだ、売った、のに…ぃっ」

少しでもタキの機嫌を損ねたら、願いを聞いてもらえなくなるかもしれない。

駄目、駄目、と涙目で首を振る陽太は、自分が庇護《ひご》欲をそそる幼子のようだとは気付いていない。それを目の当たりにしたタキが、心臓を撃ち抜かれたように目を見開いたことにも。

「…じゃあ、僕からの命令だよ。ずっと僕にしがみ付いて、爪をたててな」

「あぁっ…ん！」

身体を売るとは、自分の尊厳を残らず他人に踏み躙られるということ。そう断言した張本人が、どうして陽太を労るようなことを言うのだろう。…どうして、タキの顔が泣きそうに見えるのだろう。

考える間も与えられず、とうとう全てを収めたタキが腰を動かし始めた。

「あっあっ、あ、や、あああっ、んっ…」

えらの張った先端で感じる部分を思い切り抉られ、擦《こす》り上げられる快感は、指や玩具とは比べ物にならなかった。あれほど酷かった痛みは、熱を伴う悦楽に取って替わる。

「あ！　やぁ…っ、やああっ…」

頭をシーツに擦り付け、髪を振り乱す陽太の耳元に、タキが熱い息を吹きかける。胸元を陽太の蜜で濡らし、湿った髪を額に張り付かせたタキは、うっとりするほど色っぽい。

「く…、どうしたの？　やっぱり、やめたくなった…？」

「ちがぁ…、な、なんか、きちゃう、からぁ」

陽太は力の入らない腰をなんとか動かし、萎《な》えたままの性器をタキに押し付けた。自然と結合は深まり、陽太が細い太股でタキの腰を挟《はさ》み込む格好になる。

「ちんちん、こんなの、なのにぃ…、おなか、あつくて…きもちいいの、きちゃう…っ」

「…僕のを銜《くわ》えて、ナカで気持ち良くなっちゃったんだ？」

「ん…、なか、きもちいいの…俺、へん…おかしい、よぉ…」

陽太が知る快感は、性器を力任せに擦りたて、溜まった精液を吐き出す単純なものだけだ。こんなふうに腹の中を掻き混ぜられ、じわじわと焼かれる熱なんて知らない。

タキは抱えていた陽太の脚を下ろし、そっと頬に触れてきた。

「大丈夫だよ…僕も一緒に、おかしくなってあげるから」

「タキ…さん、も？」

「そう…二人ならきっと、楽しく狂えるよ」

繋がったまま抱き起こされ、胡坐《あぐら》をかいたタキの上に座らされた。雄が陰嚢《いんのう》ごと入り込みそうな勢いで陽太を犯し、小さく狭い胎内をがんがん突き上げる。

「あっ！　あっ！　あぁんっ！」

繊細で綺麗な顔に似合わない、獣《けもの》めいた激しい腰使いに陽太の小柄な身体は浮き上がり、ぱんぱんと肉のぶつかるあからさまな音が響く。

陽太はぎゅっと力を込めてタキの背中にしがみ付いた。

自分を犯し、未知の熱で翻弄している張本人に縋ることへの躊躇《ためら》いや嫌悪は無い。ぴたりと重ねられた素肌の温もりに安堵を覚え、互いの肌が汗でぬるぬる滑って擦れ合う感触が更なる快感を呼ぶ。

そうしろと命じられた通り、滑《なめ》らかな肌に思い切り爪をたてると、タキは陽太を強い力で抱き返してきた。

すっぽりと抱き込まれ、背中に爪をたてても怒られず、むしろ労るように項《うなじ》に口付けを落とされる。強すぎる快感に慄《おのの》き、涙を零せば、眦《まなじり》を熱い舌が拭ってあやしてくれる。

変だ。陽太はタキに身体を売ったのに、ちっとも乱暴に扱われていない。踏み躙られるどころか、甘やかされているようにすら感じる。こんなのおかしい。そんな疑問も、熱の奔流《ほんりゅう》に流されてしまう。

「陽太君…」

切なげに呼ばれ、峻成の顔が閃いたのは、半《なか》ば意識が飛びかけていたからだろうか。それとも、少し擦《かす》れたタキの声が峻成とよく似ていたせいだろうか。

「一緒に、イこう…」

「ああっ…はぁ、あああーっ…!」

熱い精液が奥の奥に叩き付けられた瞬間、射精を伴わない絶頂に追いやられ、陽太はタキに縋り付いた。

その後もタキは淡白そうな外見を裏切る旺盛《おうせい》さで陽太《ようた》を貪《むさぼ》り続けた。

途中から意識を失ってしまった陽太が目を覚ましたのは朝方近くで、驚いたことにタキの腕にすっぽり包まれていた。

唾液と精液塗《まみ》れだったはずの身体はさらりと乾き、溢《あふ》れかえるほど精液を注がれた蕾《つぼみ》も何か食《は》んでいるような違和感はあっても気持ち悪くはない。

陽太は目をぱちくりさせた。用が済んだらそのまま置き去りにしてもいいのに、タキはわざわざ陽太を洗い清めた挙句、添い寝までしてくれていたらしい。

とにかく起きようと身動《みじろ》ぎした時、固く閉ざされていたタキの瞼《まぶた》がぱちりと開いた。

「…お、おはようございます…」

何と声をかけていいかわからず、とりあえず朝の挨拶《あいさつ》をしてみると、タキは戸惑ったような沈黙の後、気だるげに口を開いた。

「…おはよ。身体はどう?」

「だ、大丈夫…です。あの、綺麗《きれい》にしておいてくれて、ありがとうございました」

「自分をヤった相手に礼を言うの?　おかしな子だね」

皮肉を口にしていても、タキの口調には棘《とげ》が無い。おかげで陽太の緊張も少しほぐれ、軽口が飛び出す。

「タキさんこそ、買った相手に優しくするなんておかしいと思いますけど」

「…それこそ、何をしようと僕の自由でしょ」

「でも…助かったのは本当ですから。ありがとうございました」

以前、皆元《みなもと》から聞いたことがある。男同士のセックスで中に出された場合、そのままにしておくと腹を壊して大変なことになる場合もあるらしい。

重ねて礼を言う陽太を、タキはおかしなものに遭遇《そうぐう》したかのように見詰めていたが、ふと我に返って陽太に服を放った。

「送るから、着て」

「え？　俺、一人で帰れますけど…」

「その身体で？」

責めるように目を眇《すが》められ、陽太はぎくりとした。

大丈夫とは言ったものの、初めて拓《ひら》かれた身体はあちこちが軋《きし》み、早くも筋肉痛を訴えているのだ。だが、そんな素振りは見せなかったはずなのに、どうしてタキには看破《かんぱ》されてしまったのか。

「言っただろ？　見ていればわかるよ。君は何でもすぐ顔に出るから」

また峻成《としなり》と同じことを言い、タキはさっさと着替えを始めてしまった。

こちらに向けられた背中には無数の引っ掻《か》き傷がある。その原因に思い当たり、赤面していたら、タキが艶《つや》めいた視線を流してきた。

「ぐずぐずしてたら、またヤるよ」

「すぐ着替えます！」

可能な限りの早さで衣服を身に付けていく陽太を、一足先に身なりを整えたタキはぷっと噴《ふ》き出しながら見守っている。

和やかささえ漂《ただよ》う空気は、二人の関係では本来ありえないものだが、不思議と肌に馴染む。合意だったとはいえ男に抱かれたのに、予想に反してショックも殆《ほとん》ど無い。

何故《なぜ》だろうと考え、峻成の顔が思い浮かんだ。外見はまるで似ていないくせに、タキは時折峻成を彷彿《ほうふつ》とさせる。身体を売る決断をしたのも、それが大きかった気がする。

二人でホテルを出ると、タキは少し歩いてからタクシーを捕まえた。陽太の自宅の近くまで走らせると、一円も料金を受け取らずに陽太を車から降ろしてくれる。

「あの…姉さんは…」

別れ際、窓越しに切り出した陽太に、タキは頷《うなず》いてみせた。

「わかってる。約束は守るよ」

今朝になってから、陽菜《ひな》について話したのはそれだけだ。だが、くどくどと念を押さなくても、タキなら大丈夫だと思えた。身体と引き換えに説得するなんて守られるかどうかもわからない取引にも不安は無い。

タキの乗ったタクシーを見送り、陽太は疲れた身体を引きずって自宅に帰った。父が店から戻っていないのにほっとし、自分のベッドに辿《たど》り着いたとたん、意識が途切れる。あれだけ眠ったのに、まだ疲れは取れていなかったようだ。

目が覚めたのは、隣の陽菜の部屋から物音が聞こえた気がしたからだ。

「…ね、姉さん…！」

半信半疑で覗《のぞ》いた部屋には、トランクから荷物を取り出す陽菜の姿があった。

別れてから半日も経っていないのに、タキは約束を果たしてくれたらしい。久しぶりに家で姉の姿を拝み、感動する陽太を、陽菜はぎろりと睨《にら》んだ。

「…別に、好きで戻ってきたんじゃないわ」

そんなことはわかっている。陽菜が戻ったのはタキに説得されたからで、まだ家出に至ったわだかまりが解けたわけではないだろう。

けれど、少なくとも陽菜が風俗に落とされる危険は無くなった。家族や峻成と共に過ごせば、そのうちきっといつもの優しい姉に戻ってくれるに違いない。

「それでも…俺は、姉さんが戻ってきてくれて嬉《うれ》しいよ」

陽太が微笑《ほほえ》むと、陽菜は虚を衝《つ》かれたように硬直し、顔を逸《そ》らした。

「どうして、あんたばっかり…」

「え？」

「…なんでもないわ。あたし、疲れてるの。休みたいから、出てって」

陽太は素直に従い、自分の部屋に引き上げた。父に連絡を入れた後で、携帯電話に着信のアイコンがあることに気付く。

履歴を確かめたら、昨日の夕方以降、峻成から二十件以上の着信があった。驚いてかけ直すと、ワンコールで繋《つな》がる。

「もしも…」

『陽太君か！　どこに居るんだ⁉』

耳をつんざくような大声が響き、陽太は思わず携帯電話を遠ざけた。着信からかけたはずなのに、別人に繋がってしまったのかと一瞬本気で心配になる。

『陽太君？　陽太君、聞いているのか？』

だが、続いて聞こえてきたのは間違い無く峻成の声で、陽太は恐々《こわごわ》と携帯電話を耳元に戻した。

「お義兄《にい》さん…？　どうしたんですか？」

『それは私の台詞《せりふ》だ。昨日から一体、どうしていたんだ？』

苛立《いらだ》った口調で指摘され、陽太はあっと声を上げた。昨日は藤堂《とうどう》家の車で大学まで送ってもらったのだが、運転手から帰りも迎えに来ると言われていたのだ。タキとあんなことになってしまい、すっかり忘れていた。

きっと、峻成には随分心配させてしまったのだろう。陽太は携帯電話を持ったまま、見えない相手にぺこぺこと頭を下げる。

「すみません、お義兄さん。俺、連絡もしないで…本当にすみません！」

『…連絡をするのも忘れるほど、楽しい時間を過ごしていたのか。相手はあの皆元とかいう彼か？』

「え、皆元？」

どうしてここで皆元が出てくるのかわからず、きょとんとしていると、峻成の語気が少しだけ和らいだ。

『…違うのか？』

「昨日は、その…読みたい続き物の漫画があって、ちょっとだけのつもりで近くのネカフェに入ったら、すっかり寝込んじゃったんです。気が付いたら明け方近くて、吃驚《びっくり》して帰ってきました」

必死に考えた言い訳は、我ながら頭を抱えたくなるほど苦しいものだったが、峻成は追及してこなかった。はあ、と安堵《あんど》の溜息《ためいき》が聞こえる。

『そうか…一人だったのか』

「は、はい」

見えないのを承知でこくこくと頷く。嘘《うそ》をついている罪悪感も、峻成と陽菜が幸せになってくれれば消え去るだろう。

「心配させて本当にすみませんでした。俺、いつもどっか抜けてて…恥ずかしいです」

『いや、私こそ取り乱してすまなかった。普段はこんなことは無いんだが、どうも君だと心配になってしまって…』

「…それって、俺が子どもっぽいからって言いたいんですか？」

峻成が元の穏やかさを取り戻してくれたのが嬉しくて、わざと拗《す》ねた口調で言えば、峻成も心得たように笑う。

『そうじゃない。…素直で、とても可愛《かわい》らしいからだよ』

「……っ」

囁《ささや》きは、義弟に…家族に対するものだとわかっていても赤面してしまうくらいに甘い。義弟でこれなら、陽菜にはさぞや甘ったるいことだろう。

「そうだ。ちょうど今、姉さんが帰ってきたんですよ」

『…陽菜が？』

喜んでくれるかと思いきや、峻成の声ははっきりと沈み込む。まさか陽菜の素行がばれてしまったのかと不安になるが、そうであればわざわざ陽太に心を砕きはしないはずだ。陽太はあくまで陽菜のおまけ、義理の弟なのだから。

「お義兄さん…？」

『あ、ああ。まだしばらくあちこち回ると聞いていたので、少し驚いてね』

どうやら陽菜は、陽太が予想した通り、事実は伏せて峻成に連絡を入れていたようだ。齟齬《そご》が生じないよう、注意を払って受け答えしなければならない。

「姉さん、けっこう気紛《きまぐ》れで予定を変えたりするから…今は疲れて休んでますけど、きっとお義兄さんにも連絡すると思います。そしたらまた家に遊びに来て下さい」

元々、陽菜は峻成ととても仲の良いカップルだったのだ。タキの元を離れ、峻成が傍《そば》に居るようになれば、きっとあの頃の気持ちを取り戻してくれる。

『…そうだな。その時は陽太君も一緒に食事でもしようか』

「いやそんな、俺なんてもう気にしないで下さい。俺もそろそろ前期の試験があって忙しくなるし、邪魔をしたくありませんから」

峻成は鋭いから、長い時間一緒に居れば何か勘付かれてしまうかもしれない。峻成曰《いわ》く陽太は何でも顔に出るのだ。陽菜が戻ってきた今、必要以上に近付くべきではない。

『君は私の可愛い弟だ。邪魔になど…』

「お義兄さんの気持ちは嬉しいですけど、今は姉さんを一番に考えてやって下さい。姉さん、結婚前で色々悩んでるみたいですから…」

とても真実をそのまま言うことは出来ないが、峻成なら陽菜の異常に気付いているはずだ。

『陽菜が……そうだな。わかった。私からも話を聞いてみよう』

「ありがとうございます。姉を…どうか、よろしくお願いします」

峻成はまだ何か言いたげだったが、陽太はそこで強引に通話を切った。

陽菜の秘密を隠し通すには、これからは出来る限り峻成と接触してはならない。電話は勿論《もちろん》、何かに誘われても断るべきだ。いや、陽菜が戻ったのだから、おまけの陽太はもう用済みだ。心配せずとも、誘いなどかからないだろう。

二人が結婚すれば、きっと義兄と二人きりの時間など二度と持てない。

――君は私の、可愛い大切な……弟だ。

そんなふうに言ってもらうことも、可愛くてたまらないとばかりに見詰められることも、二度と無いだろう。

それは当然のはずなのに、つきん、と何故か胸が小さく痛んだ。

自室に閉じこもりがちなものの、姉は家に帰った。婚約者の峻成は忙しい合間を縫《ぬ》って頻繁《ひんぱん》に姉の元を訪れ、父はそんな未来の息子を伏し拝まんばかりだ。

全てが元通りになった。

そう安心するのは早いのだと思い知らされたのは、陽菜が戻って数日後、講義が終わったのを見計らったように携帯電話が鳴った時だ。

「おい陽太、どこ行くんだ？　次、六号館だぞ？」

「ごめん、ノートとレジュメ頼む！」

何気無く着信者名を確認した瞬間、陽太は皆元に手を振って走り出していた。人気の無い購買部の裏手で立ち止まり、電話に出る。

「もっ…、もしもし？」

『やあ、陽太君。久しぶり。元気ー？』

「久しぶり、じゃ、ないですよ。どうして、俺の携帯にタキさんの番号が登録されてるんですか！」

ぜいはあと息継ぎをしながら叫ぶが、タキは飄々《ひょうひょう》としたものだ。

『僕がホテルで登録したからに決まってるでしょ。今の今まで気付かなかったなんて、ちょっと注意力足りないんじゃない？』

「…そこ、俺が責められるとこですか？」

陽太がタキと関わるのはあの日一度きりで、タキも陽太にはもう用は無いはずだ。わざわざこんなことをするなんて予想もしなかった。

だが、そこでふと思い出した。タキはあの時、言っていたのだ。

——僕が逆に君を脅迫《きょうはく》したらどうするつもりなの？

証拠も何も無い取引を即座に履行してくれたタキが、今更脅迫をするとは思えない。けれど、それ以外にタキが電話をかけてくる理由など思い付かない。

『あ、もしかして警戒してる？　僕に脅迫されるかもしれないって』

陽太の心を見透かしたようにタキは言った。

『大丈夫、大丈夫。そんな面倒くさいことなんてしないから。今日はね、陽太君をデートに誘おうと思って』

「で…、デート？　どうして？」

『そりゃあ、したいからだよ。他に何か理由があるの？』

不思議そうに聞かれ、陽太の方が困惑してしまった。言い分は尤《もっと》もだが、公私共に相手には不自由しないだろうタキが、どうして陽太をここまでして誘うのかがわからない。

『断られたら、陽菜を呼んじゃおうかなあ』

「なっ…、脅迫はしないんじゃなかったんですか!?」

『ん？　デートを断られたら悲しいから、代わりを呼ぼうと思ってるだけだよ？』

しれっと言い放たれて眩暈《めまい》を感じるが、応じないわけにはいかないだろう。

陽菜はタキに説得されてすぐ帰ってきた。タキに呼ばれればまた家を飛び出す可能性は高い。

「…言っときますけど、俺、気の利いたデートコースなんてわかりませんからね」

『あはは、誰も君にそんなもの期待しないから大丈夫だよ。君の行きたいとこでいい』

けらけらと笑われ、ならばと陽太が指定したのは、大学の近くにある大型のゲームセンターだった。駅前の繁華街にあるため平日の昼間でも大勢の客で賑《にぎ》わっており、陽太も時折皆元と一緒に利用する。

タキはつくづく摑《つか》み所の無い男だ。初めて逢《あ》った日も、見ず知らずの陽太を助けたかと思えばあんな条件を出し、徹底的にいたぶられるかと危ぶめば労《いたわ》るように抱き締めてきたりもする。ただの口約束でしかない契約を律儀《りちぎ》に守る。どれが本当のタキなのか、陽太には見当もつかない。

「陽太君、お待たせ」

「…えっ？」

店の前で考え事をしながら十分ほど待った頃、背後から声をかけられ、陽太は弾《はじ》かれたように振り返った。だがそこに佇《たたず》むのは頭に閃《ひらめ》いた人物ではなく、首を傾げるタキだ。

「そんなに驚いて、どうしたの？」

「あ…、すみません。タキさんの声が、知り合いと似てたので…」

前もそうだった。こうして姿が見えていればさほどでもないのだが、いきなり声だけを聞かされると峻成とよく似ているのだ。

タキの双眸《そうぼう》が剣呑《けんのん》に細められた。

「それって、男だよね。どういう関係？」

「どういう関係って…義兄ですよ。姉の婚約者です」

「ふーん…そいつが、僕と似てるんだ？」

何故タキがここまで突っ込んでくるのか疑問に思いつつも、陽太は首を振った。

「見た目は全然似てないですよ。性格も、お義兄さんは優しくて誠実な人だし…」

罪悪感がちくりと胸を刺した。

あんな状態の姉を放ってはおけないので、陽太は未だに実家から通学している。すると陽菜の元を訪れる峻成と頻繁に顔を合わせることになり、食事や外出に誘われるのだが、可能な限り避けているのだ。メールに返信はせず、電話も三回に一度くらいしか出ない。

戸惑っている峻成を見ると心が痛むが、仕方無いのだ。陽菜のことを怪《あや》しまれないためには、関わらないのが一番いい。たとえ、本当は陽菜が居なかった間のように構って欲しくても。

俯《うつむ》く陽太の頰《ほお》を、タキがむにっと抓《つね》った。

「い、いだっ！　にゃにふるんでふかっ！」

「あはは、変な顔。何言ってるかわかんないし」

誰のせいだと思っているのだ。涙目で抗議する陽太に、タキはずいっと美麗な顔を近付けてきた。へらへら笑っているかと思えば、恐ろしいくらいに真摯《しんし》な眼差しが陽太を貫く。

「僕と一緒の時に、他の男のことなんて考えるなよ」

「……っ」

「ああ、勿論女も駄目だし、僕以外に余所見《よそみ》するのも禁止ね。…返事は？」

それでは、タキだけを見て、タキだけを考えることしか出来なくなってしまう。デートという名目で会いはしたものの、陽太とタキは恋人でもなんでもないというのに。

身勝手すぎる命令に、陽太はこくりと頷いていた。陽菜を人質に取られているせいではない。

出逢った時とは違い、生気の灯ったタキの瞳が、見惚《みと》れるほど美しかったからだ。

「よし。じゃ、行こうか」

タキはふっと微笑んで陽太を解放し、店内に入った。

入り口周辺は女性に人気のクレーンゲームが設置されたエリアだ。大勢で騒ぎながら遊んでいた女性客たちは、タキが登場したとたん、クレーンを操るのも忘れて陶然《とうぜん》と見入ってしまう。

「か…格好いい…！」

「あれ誰？　モデル？　芸能人？」

大量の熱い視線が突き刺さるのも無理は無かった。シャツにブラックジーンズという服装は陽太と大差無いにもかかわらず、タキの魅力は全く損なわれていないのだ。むしろシンプルな服装の分スタイルの良さが際《きわ》立ち、男の色気がだだ漏《も》れになっている。

だが、熱視線に恐れをなしているのは陽太だけだ。肝心のタキはまるで意に介さず、騒がしい店内を物珍しそうに見回している。

「陽太君は何かお気に入りのやつとかあるの？」

「え？　俺の好きなやつでいいんですか？」

「君の好きなのがいいんだよ」

何の含みも無い笑みに、女性客たちが色めきたつ。何気無い所作の一つ一つが人を惹《ひ》き付けるのは、流石《さすが》現役のナンバーワンホストだ。ここまで差があると嫉妬《しっと》などする気も起こらず、感心するのみである。

陽太はタキを引き連れ、奥のシューティングゲームのコーナーへ向かった。

陽太が最近皆元と一緒に嵌《は》まっているのは、ホーンテッドパークというゲームだ。プレイヤーは捜査官になり、あるテーマパークに潜入し、襲《おそ》ってくる敵を倒しながら行方不明者の捜索をするという設定である。単純なガンシューティングゲームなのだが、ストーリーや難易度の設定が絶妙で、病《や》み付きになってしまうのだ。

マシンの前で簡単に操作方法を説明しようとしたが、タキはさっさと二人分のコインを投入し、ゲームを始めてしまう。

「ちょっと、タキさん…」

「要は出てくる敵を全部撃ってけばいいんでしょ。大丈夫、楽勝」

あっけらかんと言われ、陽太はやや意地悪な気持ちでマシンガン型のコントローラーを構えた。

確かにタキの言う通りなのだが、このゲームのいやらしい所は時折敵以外に味方の行方不明者が助けを求めて現れることだ。これを撃ってしまうとペナルティとしてライフポイントが大幅に削られる。ステージが進むほど敵と行方不明者の区別はつき辛《づら》くなり、初めてプレイする者は大抵これでゲームオーバーになるのだ。

タキは一度もプレイしたことが無いようだし、きっとすぐ混乱してゲームオーバーを迎えるだろう。

陽太がタキより優位に立てるものなど、そうそう無い。ここは先達《せんだつ》としてサポートしてやろうと鷹揚《おうよう》に構えていた陽太だが、予想はあっけなく裏切られた。

「こいつらさあ、何日も閉じ込められてたくせによくこんな機敏に動けるよね。だったら自力で脱出すればいいのに」

身も蓋《ふた》も無い感想をのんびり述べながら、タキは次々と現れる敵を的確に仕留めていく。操作がぎこちなかったのは最初のうちだけで、行方不明者を誤射することは一度も無い。

サポートしてやるどころか、陽太の方がタキに助けられる始末だ。すさまじい美形が神がかったプレイを繰り広げるマシンの周囲には、何時《いっ》の間にか人だかりが出来上がっている。

「最終ステージ目前に出てくる行方不明者って、ここまでどうやって来たのか不思議にならない？　途中のステージのボスとか倒してきたのかよ！　って」

「……」

「そもそも、こんな見るからに怪しげなテーマパークに入り込んじゃうような馬鹿なんてほっとけばいいって思わない？　ねえ？」

片手間に話しかける余裕のあるタキと異なり、陽太は黙って敵を撃つのが精一杯だ。だが、タキが巧《たく》みに敵を片付けてくれるおかげでじょじょにゆとりが生まれる。

「タキさん、そっち任せました！」

「りょーかい。じゃ、あのピエロはよろしく」

いつしか二人は協力するのを楽しむようになっていき、なんと最終ステージもクリアしてしまった。皆元とプレイした時には半分も進められなかったのに、だ。

「やったあ！」

嬉しくなってハイタッチをしようと掌《てのひら》を掲《かか》げると、タキは一瞬戸惑ったように視線を彷徨《さまよ》わせた。心細い子どもにも似た表情に、陽太の心臓が大きく脈打つ。

「…陽太君こそ、ナイスアシスト」

タキはシャツの裾《すそ》でごしごしと掌を擦《こす》ってから、陽太の掌と打ち鳴らした。さっきの奇妙な表情は拭《ぬぐ》ったように消えている。

その後も二人は様々なゲームを楽しみ、ゲームセンターを出る頃には外はすっかり暗くなっていた。

驚いたのは陽太である。こんな場所に連れて来られたら早々に飽きて帰ってくれるのではないかと密《ひそ》かに期待していたのに、タキは終始楽しそうに笑っていた。しかも、陽太も一緒になってしっかりと楽しんでしまったのだ。

陽太の手には最後に遊んだクレーンゲームの景品のぬいぐるみが抱えられている。

「それ、君にそっくりじゃない？　見た瞬間欲しいって思ったんだよね」

隣を歩くタキが、にやにやしながらぬいぐるみを突く。女子中高生を中心に絶大な人気を誇るキャラクターを模したぬいぐるみは、円《つぶ》らな眼が可愛らしい仔猫だ。

何故かタキもこのキャラクターが好きらしい。さっき携帯電話を弄《いじ》っている時、仔猫のストラップが付いていた。普通の男なら気持ち悪いと詰《なじ》られそうだが、タキならそんなギャップも素敵と感激されるのだろう。つくづく美形は理不尽《りふじん》な存在だ。

「だったら、タキさんが持って帰ればいいじゃないですか。俺はこんなの要らないし」

元々これはタキが少なくないコインを費《つい》やして獲《と》り、陽太に押し付けたのだ。陽太としてはこんなものに似ていても嬉しくないし、欲しくもない。

「えー？　陽太君が嫌そうな顔で抱いてるとこが見たくて獲ったんだから、僕が持ってちゃ意味ないでしょ」

「どういう願望なんですか、それ…」

「ははっ、その顔、その顔。そっくり」

唇を尖《とが》らせる陽太とぬいぐるみを見比べ、タキが腹を片手で押さえながら笑う。美形が笑顔を大盤振る舞いしているので、通行人たちは視線を奪われていた。

これは一体どういう状況なのだろう。まるで仲の良い友人同士のような遣《や》り取りだが、タキは決して陽太の友人ではない。

再会を果たし、ゲームに熱中している間も頭のどこかでずっと恐れていた。タキは陽菜を人質に取り、陽太を脅《おど》すつもりなのではないか、と。電話では否定していたが、安心させておいてから突き落とすつもりなのかもしれないではないか。

だが、タキは脅すどころか心からゲームを楽しんでいた。ゲームの料金や、途中で買った軽食の代金など、かかった金は全てタキが払った。結局、陽太は今日一度も財布を出していない。

「…あっ…！」

考え事をしていたせいで、段差に気付かず躓《つまず》いてしまった。倒れ込みそうになる陽太をタキが横から抱き止めてくれる。

「あ、ありがとうございます。あの…手…」

バランスを取り戻しても、タキの腕は陽太の腰に回されたままだ。放して欲しいと訴えるが、タキは聞き入れず、そのまま歩き出す。

「タキさんっ！」

「デートだったらこれくらい当然だよ。陽太君だってそうでしょ？」

無邪気な質問に、陽太は答えられなかった。年齢イコール彼女居ない歴の陽太に、デートの経験などあるはずが無い。

「あー…もしかして、したこと無いんだ？」

無言の陽太から、タキは答えを読み取ったようだった。やけに申し訳無さそうな口調が気に障《さわ》る。

「どうせ、俺はもてませんよ…」

「そんなにいじけなくてもいいじゃない。つまり、陽太君は僕以外の誰ともヤったこと無いんでしょ？　それって……すっげぇ興奮する」

ぺろりと口の端を舐《な》め上げる仕草が肉食獣のそれに見えて、背筋を悪寒《おかん》が這《は》い上った。

同じ感覚を、陽太はつい数日前にさんざん味わわされたのだ。タキの雄を奥まで捩《ね》じ込まれて、上下の口で精液を飲まされた。

忘れていた記憶が鮮明に蘇《よみがえ》り、陽太は反射的にタキから離れようとした。だが、ゆるく回されているだけのはずの腕はがっちりと陽太を捕らえ、放してくれない。

「た…、タキさん…、放して下さい。俺、そろそろ家に帰らなきゃ…」

「えー？」

タキはへらりと笑い、陽太の腰を強い力で自分に引き寄せた。しなやかな指がぎりぎりと腰に食い込む。賑やかな夕暮れの雑踏が、獣《けもの》の狩場に変わる。

「ガキじゃないんだし、これだけで終われるわけないでしょ？」

「タキさん…っ」

「大丈夫。今度は痛くしないから。…それとも、君の代わりを呼んだ方がいい？」

耳元で囁かれ、陽太は観念して力を抜いた。陽太の代わりとは、陽菜に決まっている。

タキが満足そうに頷いた。

「ふふ…じゃ、行こうか」

ぐったりとベッドに突っ伏していると、冷たいものが頬にくっつけられた。シャワーから戻ったタキが、ミネラルウォーターのボトルを差し出している。

「飲める？」

「は…、い」

腕を付いて起き上がろうとするが、腰に全く力が入らず、へにゃりとベッドに沈んでしまった。小さく笑う気配がして、力強い腕に抱き起こされる。

「ん……っ」

重ねられた唇から流し込まれる水を、陽太は夢中で飲んだ。無くなるとすぐにタキはボトルを呷《あお》り、陽太がねだるままに水を与えてくれる。

バスローブの襟《えり》を摑み、もういいと訴えると、ひんやりした舌が悪戯《いたずら》するように口腔を舐めて出ていった。さんざん揺さぶられた腰が小さく疼《うず》いてしまい、意地悪な男を睨み付ける。

「…そんな顔されると、またヤりたくなっちゃうなあ…」

「…っ！」

陽太は慌ててシーツを引っ被《かぶ》り、タキの目から逃れた。

くっくっ、と喉《のど》を鳴らすような笑い声が聞

スプリングが受け止めてくれる。洗い清められたばかり

で、以前のラブホテルのものとは比べ物にならないほど上質

それもそのはず。タキに引きずられるようにして連れ込まれたの

の高級ホテルだったからだ。

タキが慣れた様子でチェックインしたのも驚きだったが、更に驚いたのは

何かのように扱われたことだった。

服の類は下着に至るまでタキが脱がせ、ベッドまで抱き上げて運んでくれた。前回の、　に

奉仕を求められることは一度も無く、ただひたすらよがらされ、快楽を与えられたのだ。陽菜

を人質に取られた恐れが吹き飛んでしまうほどに。

最後の方になるともうわけがわからなくなって、ただタキに促されるままに背中にしがみ付き、爪を立てていた。

タキは嘘をつかなかった。激しく求められはしたが、痛い思いをすることは無かった。

ただ待ち合わせて、遊んで、気持ちの良いセックスをする——まるきり普通の恋人同士のようではないか。陽太とタキの間にあるのは愛情などではなく、歪《いびつ》な取引だけなのに。

だから、いっそうわからなくなる。タキは陽太に何を求めているのか。客でもない陽太の機嫌を取ったところで、何の得にもならないものを。

「ヨータ君、ヨータ君」

捲《めく》れた布団の隙間《すきま》から何かがずぼっと入り込んできた。面食らう陽太の前で操り人形よろしく手足を動かすのは、タキに押し付けられたぬいぐるみの仔猫だ。

「お腹空いてるでしょ？　ルームサービス取ったから、一緒に食べよ？」

「ぶっ」

わざとらしい裏声に、陽太は羞恥も忘れて噴き出した。

「何やってるんですか、タキさん」

「えー？　我ながら上手《うま》いと思うんだけどなあ。似てない？」

タキ曰く、このぬいぐるみのキャラクターはアニメも製作されており、さっきのタキのようなたどたどしい口調で喋《しゃべ》るらしい。

「俺、そんなアニメ見たことないからわからないですよ。むしろタキさんが見てる方が不思議です」

「僕も自分から見始めたわけじゃないよ。子どもの頃、兄さんが誕生日にＤＶＤをくれたから……」

そこまで言いかけ、タキは口を噤《つぐ》んでしまう。

タキに兄弟が居るというのは初耳だ。

タキの兄ならきっとタキに劣《おと》らぬ美形だろうに、弟の誕生日に女の子向けのアニメを贈《おく》るなんて抜けた所もある。タキがキャラクターのストラップまで付けるくらいだから、タキとの仲も良好なはずだ。一体どんな人物なのだろうか。

聞いてみたいと思ったが、タキはルームサービスの応対に行ってしまった。この隙にともぞもぞ起き出し、服を着終えたところでタキがトレイを持って戻ってくる。

「お待たせ。…何だ、服着ちゃったの？」

残念そうに言い、タキは料理の皿を傍のテーブルに手早く並べた。たっぷりと具を挟《はさ》んだ贅《ぜい》沢《たく》なサンドウィッチにフレッシュジュースは、激しい運動の後ということもあり食欲をそそる。

「どうしたの？　食べようよ」

立ったままの陽太を、ソファにかけたタキが不思議そうに見上げる。脚を組んでいるせいでローブの裾が捲れ、意外に筋肉のついた素足がちらりと覗いていた。

「もう九時近いし…俺、もう帰らないと…」

陽太は噎《む》せ返るほどの色気を放つ姿から目を逸らして訴えた。まともにタキを見てしまったら、さっきまでの強烈な快感が蘇ってしまいそうなのだ。

タキは怪訝《けげん》そうに眉を顰《ひそ》めた。

「九時なんて、大学生の門限にしては早すぎない？」

「今、父が忙しくて殆ど家に帰ってこられないんです。父が居ないと、姉さんの傍に居られるのは俺かお義兄さんだけで…ん？」

ズボンのポケットに入れっぱなしだった携帯電話から着信メロディが流れた。父だと思い、反射的に電話に出るが、聞こえてきたのは別の声だ。

『もしもし、陽太君？』

「お義兄さん!?　な…、何かあったんですか？」

峻成は相当厳しく育てられたようで、今まで夜の八時以降に電話を寄越したことは無い。まさか陽菜に何かあったのかと不安になってしまう。

『いや…特に何かあったわけではないんだ。ただ、その…』

「ただ…？　どうしたんですか？」

『…君の声を、聞きたくなった。最近、あまり会えないから…』

切ない溜息と共に囁かれたとたん、さっきまでタキを銜《くわ》えていた蕾がずくりと疼き、陽太は息を呑《の》む。この人は義兄。愛する姉と結婚する人なのに。

「すみません。せっかくお義兄さんが来てくれてるのに……ぁっ！」

敏感な背筋を撫《な》で上げられ、語尾が甘く跳《は》ね上がった。座っていたはずのタキが何時の間にか背後に回り、陽太のシャツを捲り上げて素肌をまさぐっている。

「何してるんですか…！」

携帯電話を遠ざけ、小声でたしなめようとして、陽太はぎくりと硬直した。氷のような冷たい眼差しに射抜かれたからだ。

『陽太君、どうした？　何をしてるんだ？』

携帯電話からは峻成の訝《いぶか》しげな声が漏れてくる。タキはくすりと笑い、陽太の肩口に顎《あご》を乗せた。

「…恋人と一緒で手が離せません、って言いな」

目を瞠《みは》る陽太の乳首を、悪戯な指がきゅっと抓《つま》んだ。

前に噛《か》み付かれた時の傷こそ癒《い》えたが、今日抱かれながらさんざん弄くり回されたおかげで、そこは立派な性感帯になってしまっている。両方の乳首を背後から抓まれ、乳を搾《しぼ》るように扱《しご》かれたら、あっという間に股間が張り詰めてしまう。

「……っ」

涙目で睨んでも効果は無く、逆に熱い股間を押し付けられた。尻のあわいを押し広げるようにぐりぐりと動くそこは、布越しにも硬く、熱い。

「敬愛するお義兄さんに、イっちゃう時の可愛い声、聞かせてもいいんだ？」

吐息と共に流し込まれる声は淫《みだ》らな悪意に満ちており、嫌でもタキの意図を悟《さと》ってしまう。

峻成にみっともない声を聞かせたくなかったら、タキの言う通りにしろというのだ。

とっさに通話を切ろうとしても、見透かしたように携帯電話を奪われてしまった。

耳元に携帯電話を押し当てられ、熱い股間で催促されれば、陽太はもう屈服するしかない。

これ以上逆らったら、この場で貫かれてしまうかもしれない。

「お、義兄、さん…」

『陽太君？』

「すみません…今、恋人と一緒で、手が離せないんです…」

『恋人…!?　陽太君、もしもし、陽太く』

焦《あせ》りきった声は途中で途切れ、ツーツーという無機質な機械音が流れた。更に電源まで切ったタキは、携帯電話を放り捨てて陽太を抱きすくめる。

「良く出来ましたー」

「なっ、んで、こんなこと…うああっ！」

怒りのままに身を捩《よじ》ると、股間をきつく握り込まれた。

「い…、痛っ…は、放し…っ」

「なーんで陽太君が怒ってんの？　むしろ、怒っていいのは僕だよねえ？」

おちゃらけるような口調とは裏腹に、囁く声音にはぞっとするほどの怒気が込められていた。まるで、抜き身のナイフを首筋に当てられているようだ。

「どうして、タキさんが…」

「デートの最中に、彼女が他の男にあんな可愛い声聞かせてるんだよ。怒らなかったら男じゃないでしょ。ねぇ……？　陽太」

初めて名前を呼び捨てにされ、背筋が震えた。それはただの寒気ではなく、甘美な陶酔《とうすい》が混ざっている。

「俺は、彼女なんかじゃ、な…あぁん！」

「彼女でしょ？　ちょっと胸を弄られただけで、ここ、もうこんなにしちゃってさ…」

タキの手は器用に動き、下着ごと陽太のズボンをずり下ろしてしまっていた。見た目よりも大きな手が、震える性器をじかに握り込む。

「あ…っ、あ、ぁ、ぁっ」

「こっちだって、ぐずぐずの濡《ぬ》れ濡れじゃない。陽太は立派なオンナノコだよ」

「やぁ…っ！」

胎内に入り込んだ指が揶揄《やゆ》するように中を掻き混ぜ、ぐちゅぐちゅと淫らな音をたてる。

あまりに酷い言いがかりだ。陽太の中が濡れているのは、タキに何度も奥で出されたせいなのだ。掻き出しきれなかった分が内部を潤《うるお》わせているのだろう。

「や…っ、やめ、も、駄目ぇ…っ」

けれど、今の陽太には身勝手な男に抗議することすら叶わなかった。少し掻き混ぜられただけで受け容《い》れる準備が整った胎内に、ずぶうっと肉の凶器が侵入を果たしたからだ。

「あ！　ああっ…、あ、ひぁああっ…」

立ったまま背後から貫かれ、衝撃で倒れ込みそうになる。とっさにすぐ近くにあった窓に手をつくが、それすらもタキの思惑通りだった。尻が高く掲げられたおかげで、格段に雄を出し入れしやすくなるのだ。

「あっあっあっ、あ…はぁん…！」

「ね…、陽太、お尻をずこずこされるの、気持ちいいでしょ?」

「ん…、んっ」

尻を鷲《わし》摑みにされ、激しく突かれながら、陽太はこくこくと頷いた。全身を駆け巡る快感に侵《おか》され、理性は既《すで》に飛びかけている。

「ナカを可愛がられて気持ち良くなるんだから、陽太は僕のオンナノコなんだよ。ね?　わかるでしょ?」

「あ…、ん…っ」

「陽太をこんなに気持ち良く出来るのは僕だけだよ。…ほら、言ってごらん?」

いつもとは違う角度で感じる部分を抉《えぐ》られ、陽太は喘《あえ》ぐように口走った。

「俺は、タキさんの、おんなの、こ…っ」

「ふふ…、イイコにはご褒美《ほうび》をあげないと、ねっ！」

ゆっくりと引き抜かれた雄が、物足りなそうに蠢《うごめ》く胎内に勢い良く打ち込まれる。ぱんっと高い音が弾け、胎内から零《こぼ》れかけた精液が尻たぶに撒《ま》き散らされた。

「ああーっ…！」

「陽太、ようた……っ」

余裕をかなぐり捨てた獣が腰を振りたくり、結合部分があられもない音をたてる。窓に映るタキの切羽詰まった表情が、快感を更に煽《あお》り立てていく。

「や…、あああっ…！」

内部の刺激だけで上り詰めた性器が、僅《わず》かな蜜《みつ》を吐き出す。同時にタキも陽太の中で絶頂を迎え、熱い精液がぶわりと広がっていく。

「…っく、ひぃっ…く…」

頭がおかしくなるほどの快感が波が引くように去れば、理性が少しずつ戻ってくる。ズボンと下着をずり下げられただけの格好で立ったまま犯された自分が情けなくて、自己嫌悪で嗚咽《おえつ》がこみ上げる。

「陽太…泣かないで…」

繋がりを解かれ、床に膝《ひざ》をつく陽太を、跪《ひざまず》いたタキが抱き締める。閉じることを忘れた蕾からぼたぼたと精液が零れ、粗相をしてしまったような不快感に苛《さいな》まれる。

「陽太は何も悪くないから…イイコだから泣き止んで」

どうして自分は、陽菜を人質にするような男に慰《なぐさ》められているのだろう。

どうしてこの男の声は、陽太に縋《すが》り付いているように聞こえるのだろう。

「陽太……」

何もかもわからないまま、陽太は憎たらしい男の腕の中で泣き続けた。

ピピピ、と携帯電話のアラームが鳴り、陽太は参考書から顔を上げた。高層の窓から望む空はまだ明るいが、もう午後六時だ。

「タキさん、六時ですよ。起きて下さい」

ベッドの上、陽太の腰にしがみ付いて眠るタキの頭をゆさゆさと揺らす。

タキがマンション代わりに借りているホテルのベッドはとても広く、男二人が寝転がってもなおゆとりがあった。と言っても、眠っているのはタキだけ。陽太はずっとベッドヘッドにもたれて勉強に勤《いそ》しんでいたのだが。

「ん…、まだ、寝る…」

タキは陽太にしがみ付いたまま、ぐりぐりと擦り付けてくる。目覚める気配は皆無だ。

「起こせって言ったの、タキさんじゃないですか。出勤の準備があるんでしょう？　タキさん、ターキーさーん！」

髪の毛をぐしゃぐしゃと掻き混ぜ、耳元で大声を張り上げてやる。明るい栗色の髪は染めているとは思えないほど触り心地が良い。

「…うるさい、なあ…ターキーさんって、僕は七面鳥かっつーの…」

陽太の努力が功を奏してか、タキはようやく覚醒《かくせい》したようだった。ひねりの無い突っ込みを入れながら、もそもそと起き出す。

まだ眠りの気配を漂わせた物憂《ものう》げな双眸はすさまじい色香を放っており、思わず見惚れているると、ちょん、と唇を突かれた。

「おはようのキスは？」

「…っ、お、おはようございます…っ」

拒絶しても、結局はあの手この手でキスさせられるのだ。だったら一瞬で済ませてしまう方がいい。

ぎゅっと目を瞑《つむ》り、タキの唇に自分のそれを重ねる。すぐさま離れようとした陽太だったが、陽太の行動などタキにはすっかりお見通しだった。

「ん…っ！　んん、ん、んぅ！」

後頭部をがっちり押さえられ、逃げられない陽太の口内に熱い舌が入ってくる。

…今まで寝てたなんて、絶対嘘だ！

情熱的な舌使いに翻弄《ほんろう》され、生理的な涙が滲《にじ》む頃になってようやく解放された。ぐったりとベッドに沈む陽太を尻目に、タキは妙に爽快《そうかい》な顔で身なりを整えていく。

その後ろ姿を見詰めるうちに、どうして自分はこんな所に居るんだろうという疑問が今更ながらに湧《わ》いてくる。

タキと初めて『デート』した日、陽太は結局そのままホテルに泊まった。もし峻成が家を訪れていたら、とても合わせる顔が無いと思ったからだ。何より、タキが放してくれなかった。陽太などに構うのは、ほんの気紛れ。二度と連絡は来ないだろうと思ったが、次の日、タキは大学の正門で待っていた。それから毎日のように迎えに来られ、そのままずるずるとデートに連れて行かれている。

しかし、毎度毎度身体を求められるわけではなかった。タキに連れ回されるようになって今日で半月近くが経つが、セックスをしたのは半分くらい。残りはただ遊んだり、ショッピングをしたり、野球観戦をしたり…今日みたいにタキの部屋に連れ込まれることもある。

陽太が誘いを断ろうとすれば陽菜の存在をちらつかされはするが、大学でどうしても外せない講義がある時には拘束されなかった。それ以外に脅迫を受けたことは無く、金銭を要求されたことも無い。むしろ、陽太の方が得たものは多いだろう。

何せ、タキはやたらと陽太に贈り物をしたがるのだ。ショッピングをしていて、ちょっと立ち止まったかと思うとすぐ店に入り、服や靴《くつ》を買って出てくる。デザインこそ普通だが、値段は普通からかけ離れたものばかりである。陽菜のことがあるから受け取るしかない。

クロゼットに仕舞い込もうにも、タキは会う時には必ず贈られた服を着てくるように要求するのだ。大学の友人たち、主に女子からはお洒落《しゃれ》になったと好評だが、喜んでいいのか悪いのか。

相手のことなどお構い無しに高価なものばかり贈るのは、峻成にそっくりだ。

憎たらしいはずの男を憎み切れないのも、こうして長時間付き合ってしまうのも、そのせいかもしれない。相手を意のままに動かす強引さは、血の繋がりも無いはずなのによく似ている。

「陽太」

「…っ、は、はい！」

「…どうしたの？　そんなに驚いて」

振り返ったタキが怪訝《けげん》そうに問いかけてくるが、タキの声が義兄そっくりに聞こえて驚いたなんて言えない。タキは何故か陽太が峻成の話をするのを嫌うのだ。

「いや…着替えるの、早いなと思って」

実際、まだ十分も経っていないのに、タキは売れっ子ナンバーワンホストに変身を遂《と》げていた。正統派すぎず、崩しすぎないスーツの着こなしは趣味の良さを窺《うかが》わせる。きっと多くの女性が胸をときめかせるだろう。

「これくらい出来なきゃ、ホストなんてやってられないよ。さーて…じゃ、食事がてらそろそろ出ようか」

「え、でも…」

すっと手を差し出され、陽太は戸惑った。タキと出会ってから知ったことだが、ホストは仕事前にはなるべく食事をしない。口臭を防ぐためだ。つまり、タキの言う食事は陽太のためだけのものである。

「いいよ。今日は僕の我が儘《まま》に付き合わせたから、そのお詫《わ》び」

今日は大学からまっすぐタキの部屋に連れ去られたものの、タキは六時になったら起こすよう言い残してすぐに眠ってしまったのだ。がっちりしがみ付かれていては放り出すことも出来ず、陽太は仕方無く三時間近く参考書を読み耽《ふけ》っていたのである。

そういうことならと陽太は頷き、二人でホテルを出た。

「タキさん、お仕事に出て大丈夫なんですか？」

何度かタキと来たことのある店で食事をする間、陽太は心配になって尋《たず》ねた。コーヒーだけを飲んでいるタキの顔色が、少し青褪《あおざ》めているのだ。もしかしたら、今日ぐっすりと眠っていたのは体調が悪いせいかもしれない。

「んー？　別に平気。これは元々だから」

「元々？」

「…昔、夏にすごく嫌なことがあってさ。それからずっと、暑くなってくるとこんな調子なんだよ。もう慣れてる」

「慣れてるって…そんなの、平気でも何でもないじゃないですか！」

「なあに？　心配してくれてるの？」

首を傾げるタキに、陽太は握り拳《こぶし》付きで力強く頷いた。

「勿論」

「僕は君を、脅迫してるのに？」

「それとこれとは別でしょう？　目の前で真っ青になってたら、どんな人だって心配になりますよ」

「陽太は…お子様なくせに、時々大人みたいなことを言うよね」

弱々しく微笑むタキはまるで途方に暮れた子どものようで、れっきとした大人ですからと突っ込む気も起こらない。

「…タキさんこそ、大人のくせに時々子どもみたいなことしますよね」

だから陽太はタキを放っておけないのかもしれない。

並外れた美貌《びぼう》の主で、ナンバーワンホストで、兄が居て、ホテルに住んでいる。タキに関する知識はそれくらいだ。本名すら知らない相手に、姉を人質に取られているとはいえ普通は誘われるまま付き合ったりしない。

「それだと、なんか僕たち、お似合いのカップルみたいだねえ」

満更でもなさそうなタキとは裏腹に、陽太は飲んでいたジュースを噴きそうになった。

「げほ…っ、な、何言ってんですか…」

「えー、そんなに驚くようなことー？」

「当たり前ですよ。だって、俺たちは…」

言いかけて、陽太は言葉に詰まった。自分とタキの関係を、一体何と表現すればいいのかわからなかったのだ。

友人ではないし、勿論恋人でもない。身体の関係がある相手を、ただの知人とは言えないだろう。脅迫者と被脅迫者と呼ぶには、今の二人の関係は和やかすぎる。

「…もしも僕が陽菜のホストじゃなかったら、カップルも有りだなって思えた？」

「…タキさん？」

タキは何を言っているのだろう。陽太とタキでは住む世界が違いすぎる。陽菜のことが無ければ、擦《す》れ違うことすら無かっただろうに。

「なんて、ね。冗談、冗談」

タキは明るく笑い、話はそこで終わりになった。そろそろタキの出勤の時間ということもあり、店を出る。

アルカディアはここから歩いて数分の距離にあり、駅とは反対方向だ。

「ご馳走様《ちそうさま》でした。あの…俺が言うのも無責任だと思うんですけど、お仕事、あんまり頑張りすぎないで下さい。それじゃあ」

店の前で頭を下げ、駅へ歩き出そうとしたら、背後から肩を摑まれた。何、と振り向く間も与えられずにシャツが引っ張られ、露《あらわ》になった項《うなじ》に嚙み付かれる。

「いっ、たあああ！」

悲鳴を上げる陽太には構わず、タキはがぶがぶと思う存分柔な皮膚を噛んだ挙句、ちゅうっと吸い上げた。通行人が唖然《あぜん》とした表情で通り過ぎていくのがたまらなく恥ずかしい。

「いきなり、何するんですか！」

やっとのことで解放され、陽太は涙目で抗議した。ずきずきと痛む項は、きっと酷い痕《あと》になっているだろう。しかも、この部分は今日着ているTシャツでは丸見えになってしまう。

タキは満足そうに親指を立ててみせた。

「…へへ、栄養補給させてもらっちゃった」

「へへ、じゃありませんよ、もう…」

タキの顔色がさっきよりも良くなっているので、怒るに怒れない。仕方無しにシャツを前に引っ張り、出来る限り項を隠すことにする。

「じゃあ俺、もう行きますから！」

これ以上栄養補給とやらをされたらたまらない。陽太は律儀にもう一度お辞儀《じぎ》をしてからさっさと駆け出した。


タキにつけられた痕を見られないよう注意しながら電車を乗り継ぎ、自宅に辿り着いたのは夜の九時近くだった。

庭に峻成の車が停まっていないのに安堵し、家に上がると、リビングに灯りが点《つ》いている。

「……お義兄さん？」

陽菜が出てきたのかと思って覗いてみたら、ソファでタブレット端末を弄っているのは峻成だった。タキに意地悪をされた日から顔を合わせないようにしていたから、姿を見るのは随分と久しぶりだ。

「陽太君…？　今、帰りなのか？」

顔を上げた峻成は、最後に会った時よりもずっとやつれたようだ。頬がこけ、目元にうっすらと隈《くま》が出来ている。

「はい。あの、お義兄さん…大丈夫ですか？　随分疲れてるみたいですが…」

「ああ…、最近、少し予定が詰まっていたからな。でも大丈夫。陽太君の顔を見たら、元気が出てきたよ」

はらはらと見守る陽太に、峻成は口元を綻《ほころ》ばせた。いつもと違いどこか弱さを感じさせる表情は、女性なら母性本能を大いにくすぐられるだろう。陽太ですら、一回り年上の男の頭を思わず撫でてやりたくなったくらいだから。

峻成は運転手にここまで送らせたそうだ。車を取りに戻れないほど忙しいのに、わざわざ陽菜の元を訪れてくれたのである。

しかし肝心の陽菜は相変わらず自室にこもったきりで、ほんの僅かな間顔を見せただけ。峻成はしばらく様子を見守ってから、今は一人で運転手が迎えに来るのを待っているのだという。

「本当に、申し訳ありませんでした…！」

姉の酷すぎる態度を聞き、陽太は消え入りたくなった。いくら峻成が寛容な人物だからといって、我慢の限界がある。

だが、峻成に怒りの気配は微塵《みじん》も無い。むしろ、どこか嬉しそうに陽太を見上げている。

「陽太君が謝ることではないよ。陽菜のことは、私の解決すべき問題だ」

「でも……」

「私に至らない所があるから、陽菜は自分の殻《から》にこもってしまったんだろう。何なら、式は陽菜が落ち着くまで延ばしてもいいと思っている。大切なのは、…陽菜の気持ちだからね」

真摯な言葉は、陽太の良心をざくざくと突き刺した。

違うのだと、峻成には何の責任も無いのだと暴露《ばくろ》してしまいたくなる。けれどそうしたところで皆が傷付くだけだ。

「…じゃあ俺、お茶でも淹《い》れてきますね」

このままここに居たら真実が口を衝《つ》いて出てしまいそうで、陽太は台所に足を向けようとした。だが、その前に峻成がぽんぽんとソファを叩く。

「久しぶりに逢えたんだ。お茶はいいから、少し話さないか」

そう言われてしまっては、意図的に避けていた手前、断るわけにはいかない。陽太は内心溜息をつきながら峻成の隣に腰を下ろす。

「…彼女が、出来たんだな」

一瞬何のことかわからなかったが、すぐに思い当たった。タキの酷い悪戯を、峻成はすっかり信じ込んでしまっているのだ。

タキは恋人などでないし、ましてや女ですらないのだが、そういうことにしておいた方が混乱させずに済むだろう。最近擦れ違い続けていたのも彼女の存在のせいに出来る。

「はっ…、はい。今更ですが、あの時は本当にすみませんでした…」

「いや、二人の時間を邪魔した私が悪かったんだ。…陽太君の良さがわかる女性なら、きっと素晴らしい人なのだろうな」

「あー…はい…」

「もし良ければ、今度彼女も一緒に美味《おい》しいものでも食べに行かないか？　陽太君の大切な人なら、私にとっても同じだから」

「あ、ありがとうございます…」

峻成があまりに良い人すぎて、陽太はだんだん居たたまれなくなってきた。峻成を騙《だま》しているという点では、陽菜よりも陽太の方が酷いのかもしれない。申し訳無くて、自然と項垂《うなだ》れてしまう。

「…これは？」

怪訝そうな声が投げかけられ、顔を上げると、思いがけないほど近い距離から峻成が陽太の項を凝視していた。そこにあるものを思い出し、ばっと覆《おお》い隠そうとした手を、峻成が捕らえる。

「これも……彼女が？」

「は…、い…」

零れ出る応えは、みっともないくらいに震えていた。詰問めいた峻成の声が、今まで聞いたことがないほど冷たかったからだ。

「…嘘だな。よほど特殊な趣味の持ち主でもない限り、女がこんな噛み痕なんて残さない」

「あっ…！」

断罪と同時に、陽太のTシャツが捲り上げられた。露になった素肌には、項ほど深くはないが、あちこちに噛み痕や情熱的なキスマークが散らされている。タキがセックスをしなくても陽太に自分の証を刻み込みたがるせいで、治癒《ちゆ》する間が無いのだ。

陽太の性感帯を浮かび上がらせるかのようなそれらを目の当たりにした峻成の眦《まなじり》が、怒りに吊《つ》り上がっていく。

「──男と、付き合っているのか」

「ち、ちがっ…」

「何が違うんだ。これは男につけられたものだろう」

　初めて見る峻成の怒った顔に圧倒される。ただ単に義弟が男と付き合っているからといって、ここまで怒るものだろうか。

「……して……」

「お…、義兄、さん？」

　肩を掴んだ峻成の手が、ぎりぎりと食い込んでくる。視界が回転し、あっと思った時にはソファに押し倒されていた。

「どうして、私では駄目なんだ…！」

「え…？」

　峻成の熱を帯びた表情に、背筋がぞくりと震えた。必死に否定したくても、身体が覚えている。これは、陽太を抱こうとする時のタキと同じ――欲望に塗れた雄の顔だ。

「お義兄さん、放し…っ、んっ！」

　突き飛ばそうとした手は容易《たやす》く封じられ、熱い唇が陽太のそれに重ねられる。我が物顔で口内を蹂躙《じゅうりん》し、混ざり合った唾液を啜《すす》る舌は、峻成の…たった今まで陽太を慈《いつく》しんでくれた優しい義兄のものだ。

　夢であって欲しいと願うが、陽太の吐息すら奪い尽くしたいとばかりに蠢く舌のねっとりとした感触も、何時の間にか股間に押し付けられた腰の熱さも、全ては現実だ。

「私が愛しているのは陽菜じゃない。君だ。……ずっと、君が好きだった」

嵐のような口付けからようやく解放された後は、更なる悪夢が待ち受けていた。冗談ではありえない情熱的な告白は、陽太を混乱のどん底に突き落とす。

「そんな…だって、お義兄さんは、姉さんに一目惚れしたんじゃないんですか…!?」

陽太が峻成と初めて出逢ったのは、峻成が陽菜との縁談を持ち込んだ時だ。それ以前に接点は無いはずである。

「…去年、陽菜の勤め先に忘れ物を届けに行った時のことを覚えているか?」

峻成の唐突な問いに困惑しつつも、陽太はおぼろな記憶を掘り返す。

去年の冬、陽菜が家に忘れていった書類を届けた帰り、男物の手袋が落ちていた。きょろきょろと辺りを見回せば、遥《はる》か後方に長身のロングコート姿の後ろ姿があり、陽太は迷わず追いかけた。革《かわ》の手袋は見るからに高価そうだったし、この寒いのに手袋が無いと可哀想《かわいそう》だと思ったのだ。

予想通り、手袋はロングコートの男のものだった。驚いた顔で何度も礼を言う男と別れる際、足を滑らせ危うく転びかけたが、男が抱き止めて助けてくれたのだ。怪我《けが》が無くて良かった、と微笑んだ男は、同性の陽太でも見惚れてしまうくらいに秀麗《しゅうれい》な面《おも》立ちをしていた。そう、ちょうど峻成のように——。

「…まさか…、あの時の…?」

「覚えていてくれたんだな…」

峻成はくしゃりと顔を歪《ゆが》ませ、陽太を掻き抱いた。

「あの頃、私は本社に異動したばかりで…毎日のように古株の無能な幹部どもとぶつかって、鬱屈《うっくつ》しきっていた。だからあの日、君が息せき切って私を追いかけてきてくれた時…天使が舞い降りたのかと思ったよ」

陽太と陽菜はとてもよく似た容姿の姉弟だから、陽太の素性はすぐに摑めた。だが、まっとうな家庭に育った陽太が峻成の恋慕《れんぼ》を受け止めてくれるはずがない。それでも陽太と何かで繫がりたいと切望する峻成が目をつけたのが、陽菜だったのだ。

陽菜と結婚すれば、峻成は陽太の義兄になる。兄弟として、一生繫がっていられる。調べさせてみれば、二人の父が経営する工務店はお誂《あつら》え向けにも倒産の危機に瀕《ひん》していた。

「…その後は、君も知っている通りだ」

優しくて誠実な義兄。陽菜を幸せにしてくれる、春日井《かすがい》家の救世主。

頭の中で、今まで信じてきたことががらがらと崩れる音がした。全部、全部嘘だったのだ。

寛大な男のふりをして、峻成は陽太たちを騙していた。

「そんなの…姉さんが、可哀想すぎる…！」

「それは私も重々承知だ。私は陽菜を愛せない。その代わりに、陽菜が望むものなら愛情以外は何でも与えることにした。…罪滅ぼしにもならないがな」

その通りだと糾弾《きゅうだん》してやりたい。だが、そんな資格が果たして陽太にあるのだろうか。騙していたというのなら、陽太も同じなのだ。

峻成はふっと自嘲《じちょう》するように笑った。

「陽菜が私を避けるようになったのは、私の心が自分に無いと気付いたからだろうな。だが…私は、嬉しかった。陽菜が留守にすればそれだけ君と二人きりで過ごせる」

「姉さんがおかしくなった理由に、気付いていたんですね…」

「…陽菜にはすまないと思う。だが婚約を破棄する気にはならなかった。そんなことになれば、せっかく打ち解けてくれたのに、君との繋がりが断たれてしまう…」

妄執《もうしゅう》じみた想いを吐露《とろ》され、湧き上がるのが嫌悪だけではないことに、陽太は慄《おのの》いた。全身を包み込む逞《たくま》しい腕が、縋り付いているように感じるからだろうか。この感覚は、そう…タキに抱き締められる時と似ている。

「義兄として、慕《した》ってくれればいいと思っていた。それ以上を望んではいけないと…だが君は今、男と付き合っている…」

「痛っ…」

痛みのあまり悲鳴を上げても、抱きすくめる腕は緩《ゆる》まない。吐息がかかるほど近くにある峻成の顔は、綺麗にセットされた前髪が乱れて額《ひたい》にかかり、それが狂気じみた色香を与えている。

「愛してる…君を、愛している。この気持ちだけは真実だ」

「お、義兄さん…っ」

「そう呼んでもらえることが、とても誇らしく、嬉しかったよ。だが今は、忌々《いまいま》しい」

「や…っ！」

峻成の大きな手が、とうとうシャツの中に入ってきた。凍り付いていた身体がびくんと跳ね、理性が戻ってくる。

「お義兄さん、やめて…やめてっ！」

「君が男でもいいというのなら、もう容赦《ようしゃ》はしない…誰が君を一番愛しているのか、わからせてやる…！」

「いやだあああっ！」

剝《む》き出しにされた乳首に、喉《のど》を鳴らした峻成がむしゃぶりつく。ちゅくちゅくといやらしい水音をたてて乳首を吸うのは、かつて陽太に何度も優しい言葉をくれた唇だ。

「やだ…っ、やめて…やめて、お義兄さん！」

陽太が峻成の頭を引き剝《は》がそうとするのと、床が荒々しく踏み鳴らされるのは殆ど同時だった。

峻成と陽太はぎくりと硬直し、リビングの入り口を振り返る。そこに立ち尽くし、食い入るように婚約者と弟を見詰めているのは陽菜だった。

ろくに手入れされていないらしい乱れた長い髪の隙間から、爛々《らんらん》と輝く双眸が覗いている。

実弟の陽太ですら、恐怖を覚えるほどの不気味さだ。

「なに、してるのよ…」

「ね、姉さ」

「姉なんて呼ばないでよ！　汚らわしい！」

嫌悪も露な叫びが陽太を打ちのめす。だが陽菜が怒り狂うのは当然だ。婚約者が弟に何をしようとしていたのかは一目瞭然《りょうぜん》なのだから。

「…陽菜、陽太君を責めないでくれ。責任は全て私にある」

やおら身を起こし、陽太を庇うように立つ峻成からは、さっきまでの激情は感じない。

「全ては私が姑息《こそく》で浅ましい考えから行動したのがいけなかったんだ。君には本当に申し訳無いことをしたと思っている。…すまなかった。この通りだ」

深く腰を折り、低頭する潔《いさぎよ》い姿は、陽菜を宥《なだ》めはしなかった。陽菜の表情が、憤怒《ふんぬ》から悲《ひ》嘆《たん》へと変わっていく。

「どうして、陽太なの？　どうしていつも陽太ばっかり選ばれて、大切にされるの？」

流れ落ちる涙を拭いもせず、陽菜は幽鬼《ゆうき》のような足取りで近付いてくる。

「昔からそうだった。お父さんは陽太がお母さんを亡くして可哀想だからって可愛がって、あたしには我慢ばっかりさせた。親戚も近所の人も、皆陽太にばっかり優しかった。どうしてなの？　お母さんが死んで可哀想なのはあたしだって同じじゃない！」

「陽菜…」

「あたしはずっと自分を犠牲にして、お母さんの代わりに頑張ってきた。峻成さんにプロポーズされた時は、今までの苦労が報《むく》われたんだと思ったけど…すぐに気付いたわ。峻成さんが本当に愛してるのは陽太だって」

「気付いて…!?」

うろたえる婚約者を、陽菜は嘲笑《あざわら》った。

「あれで隠せると思ってるの？　あたしにはメールも電話も滅多に寄越さないくせに、陽太にはまめに連絡をして、帰り道に待ち伏せまでして、デートにまで陽太を連れて来させて…あたしがどれだけ悔しかったか、あんたたちにわかる？　こんなことなら、前の彼と別れたりするんじゃなかった…！」

陽菜の虚《うつ》ろな笑みを見て、陽太はようやく理解した。

峻成の気持ちに気付いていても、陽菜は家のためを思って我慢し続けていたのだろう。タキにあれほど夢中になっていたのは、溜《た》まりに溜まった鬱憤《うっぷん》を晴らすためだったに違いない。それを陽太が断ち切ってしまったのだ。きっと、陽菜の心には今や行き場の無い怒り、恨み、嫉《ねた》みが渦を巻いている。

「…結局、あたしの気持ちをわかってくれるのはタキだけなんだわ…」

「タキ…？」

「邪魔なものが無くなれば、タキはきっとまた来ていいよって言ってくれる…だから…あんたたちは、消えなさいよっ！」

陽菜は後ろで組んでいた手を勢い良く振り上げる。

その手に握られているのが包丁だと気付いた瞬間、陽太は反射的に起き上がり、峻成を突き飛ばしていた。

「あう…っ！」

峻成を狙った刃は、代わりに陽太の肩を抉《えぐ》った。焼けるような痛みが走り、噴き出た鮮血がソファと床を汚していく。

「陽菜！」

血相を変えた峻成が陽菜を羽交《はが》い絞めにして捕らえるが、最早《もはや》その必要も無かった。血塗れの弟を前に、陽菜の顔から憑《つ》き物が落ちたかのように狂気が失せていく。だらりと伸びた手から、包丁が転げ落ちた。

「いやっ…いや、いやぁ…っ！」

頭を抱えて泣きじゃくる陽菜にもう危険は無いと判断したのか、峻成が膝をつく陽太の傍にしゃがみ込む。

「大丈夫か!?　すぐに救急車を…」

「ま…、待って下さい…」

すぐにでも一一九番をかけようとする峻成を、陽太は押し止めた。救急車を呼べばこれが陽菜の仕業だということが明るみに出てしまう。陽菜は罪に問われるだけでなく、世間の好奇の目に曝《さら》されることになるだろう。

「俺は、平気です…傷も、そんなに深くは、ありません。だから…」

皆まで言わずとも、聡明な峻成には陽太の考えが伝わったようだ。

「…近くに、父が懇意《こんい》にしている病院があったはずだ。少しの間、我慢出来るか？」

陽太がこくんと頷くや否や、峻成は迅速に行動を開始した。


陽太と陽菜は峻成が呼んだ車で病院に運ばれ、それぞれ治療を受けた。陽菜の方は警察沙汰《ざた》こそ免《まぬが》れたものの、心に深い傷を負っており、専門の病院に移されていった。

陽太の傷はさほど深くはなかったが、峻成が強引に入院させた。看護する者の居ない陽太の家では不安すぎるからだ。

連絡を受けて飛んできた父には、陽菜がタキ会いたさにおかしくなり、陽太を刺したのだと伝えた。事実を教えたところで父によけいな心労をかけるだけだ。

卒倒しかけた父だが、すぐに立ち直り、まめに病院に顔を出すようになった。峻成が藤堂から人材を派遣し、様々なフォローをしたのが大きかったのだろう。

入院して五日目。見舞いに訪れた父は、陽太に携帯電話を差し入れていった。実家に鞄《かばん》ごと置いてあったのだが、頻《しき》りに着信するので、何か大切な用件でもあるのかもしれないと心配になったらしい。

高級ホテルと見紛うばかりの個室では、携帯電話の使用も許可されている。久しぶりに電源を入れ、陽太は目を瞠った。着信一覧にタキの名前がずらりと並んでいるのだ。陽太が入院した翌日から今日まで、何十回もかけ続けている。

タキにはあれから連絡をしていない。そんなゆとりが無かったのだ。

入院してからずっと、陽太は陽菜のことを考え続けていた。

血を吐くようだった、陽菜の叫び。

興奮してまともな精神状態ではなかったにしても、間違い無く陽菜の本音だろう。注いでくれた愛情全部が偽《いつわ》りだったとは思わないが、姉に疎《うと》まれていたのも事実なのだ。

陽太たちのために骨を折ってくれている峻成は、陽太の病室には一度も訪れていない。合わせる顔が無いと思っているのだろう。

だが、姉の思いに全く気付かなかった陽太に、峻成を非難する権利は無い。峻成を責めていいのは陽菜だけだ。

自分の気持ちを理解してくれるのはタキだけだと、陽菜は泣いていた。たとえそれがホストの話術だったとしても、タキが陽菜の心の支えだったのは事実なのだ。そのタキと、向こうから求められたとはいえ、陽太は身体の関係を持ってしまった。空回りした挙句、結局は姉を苦しめ、裏切ることしか出来なかった愚《おろ》かな自分に、ほとほと嫌気がさす。

溜息をついた時、携帯電話が着信を知らせた。画面に表示されたのは、タキの名だ。

「――もしもし」

『……陽太!?　やっと繋がった…今どこ？　ずっと電話に出ないで、何してるの？』

矢継ぎ早に尋ねてくるタキの声には、強い焦燥《しょうそう》が滲んでいる。色気が滴《したた》るようなその声を懐かしいと感じてしまい、自分の心にタキがどれだけ深く浸透していたのかを思い知らされた。タキと出会ってから、これほど顔を見ないのは初めてなのだ。

「タキさん…」

『…どこか具合悪くしてるの？』

会話とも言えない遣り取りだけで察したタキの鋭敏《えいびん》さは、ナンバーワンホストの面目躍如《やくじょ》だろうか。

「心配させてすみません。実は俺、入院してるんです」

『入院？　…何があったの？』

「ちょっと、事故に遭ってしまって…」

真実を伝えるつもりは無かった。タキはホストとして仕事をしただけだ。父はタキに対して怒り狂っているが、陽太はむしろ感謝していた。もしタキが居なかったら陽菜はもっと早いうちにおかしくなっていたかもしれない。

「…タキさん。もう、終わりにして下さい」

タキが何か言いかける前に、陽太は切り出した。

『…陽太？』

「もう、タキさんとは二度と会いません。勝手なことばかり言って、本当に申し訳ありません」

『何を言って…陽太？　よう…』

陽太が通話を切ると同時に、残り少なかった電池もついに切れた。

陽太にだけ見せる、子どものような表情や仕草。縋り付いてくる腕の強さ。もう二度と感じられないのだと思うと、胸が小さく痛む。

こんなことになって初めて、陽太は気付かされた。自分はタキに、どうしようもなく惹かれていたのだと。

けれど、だからこそタキとはもう会うわけにはいかない。陽菜を追い詰めてしまった陽太が、どの面さげて陽菜が恋い焦がれていた男に会えるだろう。

タキが陽太を頻繁に呼び出していたのは、きっと何かの気紛れだろう。一方的に別れを告げられて憤《いきどお》っているかもしれないが、携帯電話を処分して連絡が取れなくなってしまえば、陽太のことなどすぐに忘れてしまうはずだ。

「タキさん…ごめんなさい…」

陽太は呟《つぶや》き、布団を引っ被った。怪我のせいか、眠気はすぐに訪れる。今日の回診はもう済んだから、途中で起こされることも無い。

どれほど経った頃か——小さく肩を揺さぶられ、陽太はぼんやりと瞼《まぶた》を開けた。

「え……?」

ベッドライトの控えめな灯りが、傍らに佇《たたず》む麗人の姿を照らし出している。ここに居るはずのない人物を見付け、陽太は一気に覚醒《かくせい》した。

「タキさん!?　どうしてここに…」

入院しているとは言ったが、病院の名前すら教えなかった。陽太がここに入院しているのを知っているのは峻成と父だけで、彼らはタキと面識すら無いはずだ。

タキは寝間着から覗く包帯を痛ましげに見詰め、震える手でそっと肩口に触れる。

「ごめん…僕のせいだ。君は、僕のせいでこんな…」

「タキ、さん?」

「どうして?　どうして僕なんかのせいで、君が苦しむんだ。どうして、どうして…」

嗚咽《おえつ》と共に絞り出される言葉の意味が、陽太には全く理解出来ない。わかるのはただ、タキがひどく傷付き、悲しんでいるということ。そして、タキと久しぶりに会えて、とても嬉しいということだけ。

「タキさん…俺は大丈夫です。見た目が大げさなだけで、怪我はたいしたことないんですよ」

「…陽太…」

「それに、言ったでしょう？　俺は事故に遭ったんです。タキさんのせいなんかじゃありませんよ」

肩に置かれた手に自分のそれを重ね、優しく囁いてやる。タキは陽太の温もりを味わうようにしばらくじっとしていたが、やおらベッドに乗り上げてきた。

「た、タキさん…っ」

熱を帯びた眼差しに射られれば、タキが何をしようとしているのかは自《おの》ずとわかる。だがここは病室で、ほんのついさっき別れを決意したばかりなのだ。受け容《い》れるわけにはいかない。

「…お願い。確かめさせて」

だが、陽太が頑《かたく》なでいられたのはタキがくしゃりと顔を歪めるまでだった。

――途方に暮れた、子どものような顔。

「君がちゃんと生きているって、確かめさせて。…君を感じさせて。お願い…」

「あ…っ」

病院で用意された寝間着は、紐《ひも》が解かれればすぐに無防備な素肌を晒《さら》してしまう。包帯に覆われた傷口の上にそっとタキの唇が落とされた瞬間、背筋を甘い戦慄《せんりつ》が駆け抜けた。

「た…っ、タキ、さ…んっ」

「…痛い?」

「そっ…じゃ、なくて…俺、変…っああ!」

傷口に口付けられながらぐりぐりと乳首を弄られ、腰が跳ね上がった。じんじん疼くそこを、タキの指先がぴんと弾く。

「…相変わらず、ここ、感じやすいんだね。おっぱいが出てきちゃったりして」

「そっ…なこと、あるわけ、な…ぁっ」

「男でも、開発次第では出るようになるみたいだよ。陽太のおっぱい、飲みたいなあ…僕のために、出してくれない?」

「やっ! あっあ、はぁあ…っ」

厚い唇で陽太の小さな乳輪を包み込み、尖《とが》った先端を舌と歯を使ってじゅっじゅっと吸いしゃぶる。五日も禁欲していた身体はたちまち蕩《とろ》け、頭に白い靄《もや》がかかっていく。

ここはいつ誰が来るともわからない病室で、自分を抱いているのは姉が焦がれた男だ。だが、無心に陽太の胸に吸い付いているタキを見ていると、そんなことはどうでもいいとさえ思ってしまう。自分を貪《むさぼ》ることでこの子どものような男が慰められるのなら、身体くらいいくらでも差し出してやりたいと。

甘い吐息に満たされた空気を破ったのは、病室のドアが勢い良く開く音だった。

「啓斗《けいと》、居るのか!?」

焦燥の滲んだ声が峻成のものだと理解したとたん理性が戻り、陽太はとっさにタキを突き飛ばそうとした。

だがタキはあっさりと抵抗を封じ、陽太の背を支えて抱き起こす。まるで、室内に駆け込んできた男にあられもない姿を見せ付けるかのように。

「啓斗…お前…」

「久しぶりだね、兄さん」

愕然《がくぜん》と立ち尽くす峻成を、タキは笑みすら浮かべて振り返る。その腕にしかと抱かれ、陽太は頭を思い切り殴られたような衝撃を受けていた。

啓斗。それは確か、六年前に行方不明になったという峻成の異母弟の名前だ。

——タキが、峻成の弟だった?

俄《にわ》かには信じられない話だが、肯定する材料は幾《いく》らでもあった。兄が居ると言っていたタキ。他人とは思えないほど似た声に、重なる言動。タキが藤堂家の一員なら、この病院を突き止められたのも納得出来る。

ほんの少し前まで快楽に支配されていた身体が、一気に冷えた。陽菜が入れあげていたホストがたまたま峻成の義弟で、たまたま陽太を気に入ってちょっかいを出していた…そんな偶然、あるわけがない。

「貴様…っ！」

峻成はすさまじい力でタキを引き剝がし、陽太を腕に収めた。抱き締める、というより締め上げられるせいで圧迫された傷がずきずきと痛む。だが、峻成の腕を叩いて抗議しても峻成は気付いてくれない。峻成が見ているのは、六年ぶりの再会を果たしたばかりの異母弟だけだ。

「突然呼び出したかと思えば、こんな…陽太君に何をした！」

いつもの冷静さをかなぐり捨てた峻成の咆哮《ほうこう》が、びりびりと空気を揺らした。普通の人間なら恐れをなして退散しかねない怒気を真っ向から受け止め、タキはぶるりと肩を震わせる。

それが恐怖ゆえではないことは、すぐにわかった。タキの顔は、笑みの形に歪んでいたから。

「ははは…っ、何って？　お義母《かあ》さんと同じことをしただけだよ？」

「母さん…だと？」

「レイプしたんだ。お義母さんが僕にしたのと同じようにね」

みるまに血の気が引いていく峻成の顔を見遣り、タキはようやく笑いを収めた。

「…最初は、中二の夏休みだった。夜、寝てたらあの女が乗っかってきたんだ。わけがわからないうちに童貞《どうてい》を食われて、それからはもうなし崩しだよ。旦那と息子の目を盗んで、あちこちで盛りまくりだ」

「…母が、私よりも若い男を愛人にしていることは知っている…だがまさか、啓斗を…」

「あの女、旦那と息子には貞淑《ていしゅく》なふりしてたけど、実際はチンポ狂いの淫乱《いんらん》だよ。若ければ若いほどいいんじゃない？　憎らしい愛人の子だし、僕は丁度いい捌《は》け口だったんだろうね」

峻成の家に泊まった時、民子《たみこ》が粘っこい目で素肌に見入っていたのを思い出し、陽太は震えた。人肌を知った今にして思えば、あれは欲望の眼差しだ。

「あの女は家の中を完璧《かんぺき》に支配してた。逆らったり、兄さんに言いつけたら食べるものも着るものも取り上げられる…父さんだってあの女の言いなりだからあてにはならない。兄さんも、結局は気付いてくれなかった。だから、逃げたんだ」

——身体を売るっていうのは、自分の尊厳を残らず他人に踏み躙《にじ》られるってことだ。

タキの言葉の意味を正しく理解し、陽太は泣きそうになった。あれは、タキ自身の経験だったのだ。

「幸いにも、僕にはこの顔があったから、歳を誤魔化《ごまか》せばホストとしてやっていけた。あの女のおかげで女って生き物には何の感情も湧かなくなってたから、幾ら搾《しぼ》り取っても罪悪感は無かった。毎日面白いくらいに稼いで…でも、ずっと、ずーっと忘れられなかった。あの女のことじゃない。守ってくれるって言ったくせに、最後まで気付いてくれなかった兄さんが…」

「…啓斗…」

陽太を抱く腕からどんどん力が抜け、ついに峻成は片手で額を覆ってしまった。

「お前が本当に憎いのは…私だったのか…」

民子の所業に気付かなかったと、峻成を責めるのは酷すぎる。自分の母親が生《な》さぬ仲の弟をレイプしているなんて、普通は疑ったりしない。

だが、歪んだ家の中にあって、峻成はタキの唯一の救いだったのだ。その峻成が手を差し伸べてくれなかったことは、タキにとって許せない裏切りだろう。

そこから先の展開は、陽太には説明の必要は無かった。陽菜が友人に連れられてタキの店を訪れたのは偶然だったのだろう。だが陽菜がタキの美貌にのめり込み、自分の境遇を洗い浚《ざら》い話してしまった時、タキは気付いてしまったに違いない。陽菜と陽太を利用すれば、自分を裏切った異母兄に最高の復讐《ふくしゅう》が出来るのだと。

そしてそれは、見事に成功した。

「…ふざけるなっ！　姉さんも俺も、あんたの復讐の道具なんかじゃないっ！」

喉奥から迸《ほとばし》る絶叫が何ゆえのものなのか、陽太にも判然としなかった。

何の罪も無い姉を利用された怒りは勿論ある。だが最も許せないのはタキでも峻成でもなく、この期に及んでタキを憎みきれない自分自身だった。

初めて陽太を抱いた時、執拗《しつよう》に泣かせようとしていた。最愛の異母兄にさえ救われなかった自分と、身体を差し出してまで救おうとする弟が居る陽菜と、引き比べていたのかもしれない。

陽太が峻成の話をするのを極端に嫌がっていた。けれど、兄が…峻成がくれたというアニメのＤＶＤのキャラクターを今でも気に入っていた。夏は嫌なことがあったから苦手だと言い、陽太に縋っていた。

共に過ごした記憶の全てが、憎しみではない激しい感情を揺さぶる。

「啓斗…お前まさか、陽太君を…」

峻成の問いかけには応えず、タキはゆっくりとベッドに歩み寄る。伸ばされた手を拒むことは出来なかった。今にも泣き出しそうな顔が、胸を強く揺さぶったから。

「初めて君と逢った時は、獲物が向こうから来てくれたとしか思わなかった。それは事実だよ」

「……」

「陽菜のために…家族のために、僕に何をされても耐えようとする君を見た時、陽菜が嫉《ねた》ましくてたまらなくなった。君は僕が望んでも得られなかった、そのものだったんだ。だから君がだんだん可愛くて可愛くて…欲しくてたまらなくなった。君が陽菜に刺されたと知った時には、僕の方が死ぬかと思った」

「タキ…さん…」

どくん、と心臓が強く脈打った瞬間、陽太は力強い腕に閉じ込められていた。

「復讐なんて、もうどうでも良いんだ。君が傍に居てくれるなら」

「勝手すぎます…俺はともかく、姉さんはどうなるんですか！」

「わかってる。許して欲しいなんて言わない…でも、愛させて」

こんな身勝手な男、突き飛ばしてしまえばいいのに、伝わってくる震えのせいで手が動いてくれない。

峻成の結婚は破談になった。元の婚約者が施設に入ったことは様々な憶測を呼び、峻成に…ひいては藤堂家に小さからぬ傷を付けるだろう。

復讐は成功した。けれど、タキは少しも救われていない。ただ陽太だけを求めて震えている。もし陽太が突き放したら、この男はどうなってしまうのだろう。陽太の膝に縋り、安らかに眠っていたこの男は。

陽菜のことを考えたら、タキの想いを受け入れるなど到底出来はしない。だが、陽太だけに見せたあの表情が嘘ではないのなら…自分は、この男を——。

「…何を考えている」

冷酷な声と共にぐいっとタキから引き剝がされ、陽太はやっと自分がタキの背に腕を回そうとしていたことに気付いた。狼狽《ろうばい》する陽太を、峻成は冷たく睥睨《へいげい》する。

「この私を差し置いて、啓斗を受け容れるつもりか？」

「お、義兄…さん？」

「まさか、忘れたわけではないだろうな。私も君を愛していることを」

上質なスーツに包まれた腕が、タキから隔離《かくり》するように陽太を搦《から》め捕る。

勿論、忘れるはずがない。だが、結婚が取りやめになってしまった今、峻成と陽太には何の繫がりも無い。誠実で生真面目な峻成の性格からして、陽菜があんな結末を迎えてしまった以上、告白は無かったものになったのだと思っていた。峻成が一度も病室に顔を出さなかったのも、その意志の表れなのだと。

なのに何故今更蒸し返したりするのか。峻成の意図がまるでわからない。惑うばかりの陽太の代わりに、タキが挑戦的な眼差しで異母兄を射る。

「…開き直ったってわけ？」

「ああ。お前のおかげだ。礼を言う」

「お礼なんか要らないから、返して。それは僕のだ」

「断る。お前にはすまなかったと思うが、それとこれとは話が別だ」

容姿は全く似ていない兄弟は、陽太抜きで実に息の合った会話を交わしている。とても六年ぶりに再会したばかりとは思えない。

「…二人とも、何の話をしてるんですか…？」

「君のことだよ」

異口《いく》同音に答え、嫌そうに顔を歪める様はそっくりで微笑ましくすらある。なのに、峻成の腕の中に居てさえ、陽太は背筋が震えるほどの寒気を感じている。

「お義兄さん、俺は」

受け容れられないと言い終える前に、峻成の唇が咎《とが》めるように重ねられ、すぐに離れていく。

「私はもう君の義兄でいるつもりは無い。これからは峻成と名前で呼びなさい」

「…えっ…？」

これからも何も、怪我が完治して退院してしまえば、峻成とは二度と会わないはずではないのか。峻成は陽太を諦めたのではなかったのか。

陽太の疑問を読み取った峻成が、口の端を吊り上げる。

「私は男では君に受け容れてもらえないと言いながら、本当は世間体を憚《はばか》って、潔白を装《よそお》い続けたいだけの卑小な人間だったんだ。けれど、そんなくだらないものに拘《こだわ》ったところで、何にもならないと気付いた。啓斗のおかげでね」

「タキさんの…おかげ？」

「そうだ。私は所詮《しょせん》、血が繋がらないとはいえ息子をレイプするような女の息子だ。最初からまともではなかったんだ。だったら…思いのままに振る舞うことこそ相応《ふさわ》しい」

きっぱりと言い放つ男は、今までの峻成とは別人に見えた。毛並みの良い血統書付きのサラブレッドが、野生の獣に変貌《へんぼう》を遂げたかのようだ。

「陽太君は、私が嫌いか？」

唐突に問われ、陽太は返事に窮《きゅう》した。

酷い、とは思う。そもそも峻成があんな計画を立てなければ、陽菜は今でも穏やかに暮らしていられたのだ。

けれどもし、峻成が最初から直接陽太に愛を打ち明けていたらどうだっただろう。義弟として可愛がってくれていた時のように接されたら、それでも拒めただろうか。

優しい義兄の手を、陽太は陽菜に返したくないとさえ思ったのに。

「嫌い…では、ありません。でも俺は、どうしても許せないんです。姉さんを利用されたことも…姉さんの気持ちをちっとも察してやれなかった自分も…」

「陽菜の治療には私がこれから先一生責任を持つ。陽菜が言ったことに関しても、気に病む必要は無い。君は何一つ、悪くはないのだから」

峻成の言葉は、ずっと自分を責め続けた陽太の心にじわりと沁《し》み込んだ。陽太は悪くないのだと、本当は誰かに言って欲しかったのだ。姉のために身体まで差し出したのに、当の姉に疎まれていたなんて悲しすぎるから。

「ほんの欠片《かけら》でもいい。もしも君の心に私を受け容れてくれる余地があるなら…私の伴侶になって欲しい…」

峻成は熱く囁き、おもむろに抱擁《ほうよう》を解いた。陽太の掌に口付けが落とされようとした瞬間、横から伸びてきた腕が陽太を攫《さら》う。

「啓斗…何のつもりだ」

「公平を期して今まで黙ってたけど、流石にこれ以上はね。腹黒おっさんにいたいけな陽太が騙されちゃ可哀想でしょ?」

「心外だな。私は真実しか言っていない」

「真実でも、言いようによっては充分人を騙せるからね」

睨み合う二人の間で、火花が散ったような気がした。思わず首を竦める陽太をタキは背後から抱き締め、頰を擦り寄せる。

「ひゃっ…た、タキさん…っ」

「僕にしておきなよ、陽太。あのおっさんなんかに捕まったら、一生飼い殺しにされて、甘やかされ殺されるよ」

「やあ…っ」

熱い舌先が耳の中に入りかけたところで、今度は前方から峻成が陽太を捕らえる。前から峻成に引き寄せられるのを、抱き締めるタキが阻《はば》む格好だ。

「啓斗こそやめておくべきだ。こいつは昔から何事にも滅多に執着しないくせに、一度気に入ると壊しても離さなかった。一生可愛がられ殺されるぞ」

逞しい男たちに前後から抱かれ、物騒な愛の言葉を囁かれる。ほんの数時間前までは想像もしなかった状況に眩暈がして、頭がくらくらと回りだす。

「陽太？」

最初に異変に気付いたのは、身体を密着させているタキだった。額に乗せられた手が、吃驚したように跳ねる。

「すごい熱だ…医者は？」

「すぐに呼ぶ。……」

二人の遣り取りはだんだん遠くなっていき、やがて完全に聞こえなくなった。


陽太は傷口が悪化したのではなく、疲労からの発熱だろうと診断された。急激な展開に頭が付いて行けなかったのだろう。

後は医師に任せ、病室に併設されたリビングに移動した。何から何まで金のかかった病室は、啓斗がマンション代わりにしているホテルと比べても遜色《そんしょく》が無い。陽太がどれほど大切に扱われているかが窺える。

ソファに落ち着いたところで、峻成が膝に手をつき、深々と頭を下げる。

「啓斗。気付いてやれなくてすまなかった。今更謝って済むことではないだろうが…」

「信じるんだ？」

「私の弟は、あんな嘘をつくような男ではないからな」

あっさりそんなことを言える辺り、異母兄の清廉潔白《せいれんけっぱく》さは昔から変わっていない…と思ったのは大きな間違いだった。

「母さんには後できっちり問い質《ただ》す。警察に突き出すのは無理だが、相応の報いは受けてもらおう」

「…本気?」

民子は啓斗には鬼そのものだったが、実子の峻成にはそれこそ聖母のように優しかった。峻成も過干渉の母親を鬱陶《うっとう》しがりつつも、長男として期待に応えていたはずだ。

峻成の唇が酷薄な笑みを刻む。

「お前にした所業を考えれば当然だな。それに…母さんは、泊まりに来た陽太をやけに構っていた。今後一生、その気になれないようにしてやらないとな…」

温度が二、三度下がったような気がした。腐っても民子は峻成の実母だから、世間に醜聞《しゅうぶん》が広まるようなことはすまい。その分、よりえげつない手段で罰するつもりだろう。外界とは連絡すら取れない場所に監禁する、くらいはやりかねない。

同情はしない。少年だった啓斗をレイプしたということより、陽太に興味を示していたことが許し難いのだ。峻成もきっと同じ気持ちだろう。

民子の処遇についての話がついてから、二人は互いにこれまでのことを話した。と言っても兄弟が思い出話をしたわけではなく、陽太に何をしてきたか、ということだ。

名目上の婚約者を奪った挙句、愛する陽太を蹂躙《じゅうりん》する。啓斗の復讐の全貌を聞いた峻成は激しく憤《いきどお》っていたが、それはお互い様というものだった。峻成とて陽太を義弟にするために陽菜と結婚するという計画を実行し、峻成の心に気付いた婚約者がホストに入れあげていることにも気付いていなかったのだから。

陽太にとっては峻成も啓斗も、どちらも同じくらいにろくでもない男だろう。

「…引き下がるつもりは無いんだな？」

眼光鋭く睨み据えてくる異母兄の視線を、啓斗は正面から受け止めた。

「当然でしょ。陽太は僕のだ。あんたが邪魔をしなければ、僕に堕《お》ちるはずだった」

「それは私も同じだ。お前が邪魔をしなければ、私の伴侶になってくれるはずだった」

決して妥協《だきょう》など出来ないのだから、話し合いはどこまでも堂々巡りだ。長い間睨み合った末に、峻成は深い溜息をついた。

「…仕方無い。ならばやはり、陽太君に選んでもらうしかないな」

「それは賛成だけど、どうやって？」

「順調にいけば、陽太君はあと一週間で退院する。それまでの間じっくり考えさせて、結論を出させればいい」

「ふうん…いいね、それ」

啓斗は峻成と顔を見合わせ、ニっと笑った。陽太が居合わせたなら、流石血の繋がった兄弟だと感心してしまいそうなほどよく似た笑みだ。

それも当然かもしれない。きっと今、啓斗と異母兄は同じことを考えているはずだから。

陽太には、どちらも選ばないという選択肢も存在するのだ。むしろそれを選ぶ可能性が一番高いだろう。

だがそれは、陽菜を慮《おもんぱか》ってのこと。全身全霊で堕としにかかれば、あの甘く純粋すぎる子どもは必ずどちらかの手に堕ちてくる。

そこで内線が鳴り、陽太が目を覚ましたと連絡が入る。兄弟はどちらからともなく立ち上がり、いずれ手に入れる愛しい者の元に向かった。

面会開始時刻の午後一時になると、陽太《ようた》の心臓はばくばくと脈打ち始める。

いっそどこかに逃げてしまいたいが、そんなことをしても無駄なのはもうわかっていた。入院患者用のカフェに逃げ込もうと、中庭に避難しようと、病院を知り尽くした看護師たちにはあっさりと発見されてしまう。そして、笑顔で促されるのだ。お兄さんたち、今日もいらしたわよ——と。

「あれえ、陽太。今日は逃げずに待っててくれたんだ?」

今日もきっちり午後一時に現れた麗しい見舞い客は、背もたれを起こしたベッドに横たわる陽太に目を丸くした。手にした土産《みやげ》のうち、有名な洋菓子店のロゴが入った紙袋を、ちょうど居合わせた看護師に手渡す。

「これ、皆さんでどうぞ」

「えっ…でも、私たち、こういうものを頂いてはいけないことになってて…」

「いいじゃない。いつもうちの陽太がお世話になってる、ほんのお礼の気持ちなんだから。…駄目、かな?」

日本人離れした華やかな美貌《びぼう》の男が気落ちした表情を浮かべるや、恐縮していた看護師は可《か》哀想《わいそう》なくらい真っ赤になって手を振った。

「いっ、いえ、そんな！　頂きます、ありがたく頂きます！」

「良かった。これからも、うちの陽太をよろしくね」

蕩《とろ》けんばかりの笑みを向けられた看護師は何度も頷《うなず》き、紙袋を手に慌《あわ》ただしく退室した。きっと、ナースステーションは大騒ぎになるだろう。

その背中に笑顔で手を振ってから、啓斗《けいと》はすぐ傍に立派なソファがあるにもかかわらずわざわざベッドの端に腰掛け、陽太の髪を梳《す》いた。いつものことながら、鮮やかな手並みだ。あの看護師は最近異動してきたばかりで、啓斗とは面識の無い貴重な存在だったのに。

「どうしたの？　溜息《ためいき》なんかついちゃって」

「…女の人は、ああやってタキさんに夢中になるんだろうなって思っただけです」

「やだなあ。ただの挨拶《あいさつ》じゃない」

啓斗はくすくすと笑うが、その『ただの挨拶』をされた看護師たちが揃《そろ》って啓斗の味方になり、陽太がどこに逃げようと連れ戻してくれるのだからたまらない。競争の激しい業界でトップに君臨し続ける啓斗にとって、ストレスの多い職場で働く看護師を思いのままに操るのは簡単なことだろう。

負け続きだったここ数日を思い返して暗い気持ちになっていると、濡《ぬ》れた舌がぬるりと頬《ほお》を舐《な》め上げる。

「ひゃっ……！」

「陽太、かーわいい。瞼《まぶた》、ちょっとぷっくりしてる…僕のこと考えて、眠れなかった？」

「や…、ん…っ！」

慌てて身体を捻《ひね》ろうとしても、細身には相応《ふさわ》しくない力でがっちりと肩を掴《つか》まれ、体重をかけられてしまうと身動きが取れなかった。せめてもと目をきつく瞑《つむ》れば、間近でふっと笑う気配がして、薄い瞼の皮膚を労《いた》わるように何度も舐められる。

「陽太…、陽太…好きだよ…」

「あ…っ、タキさ…んっ」

「——何をしている、啓斗」

切なげな囁《ささや》きに身を震わせた時、凍えるような声と共に身体が軽くなった。恐る恐る目を開けると、スーツ姿の峻成《としなり》が啓斗を押しのけている。

啓斗とは趣の違う端整な顔に苛立《いらだ》ちを滲《にじ》ませているのは、決して昼間から病室で不埒《ふらち》な行為に及ぶ二人を不快に思ったからではない。眼鏡《めがね》の薄いレンズの向こうで嫉妬《しっと》に揺らぐ双眸《そうぼう》がその証拠だ。

「抜け駆けは禁止だと、あれだけ言っただろう。私の許可無く陽太君に触れるな」

「えー、だって陽太が可愛《かわい》いんだから仕方無いじゃない。そんな鬼みたいな顔してると、陽太に怖がられちゃうよ？」

「減らず口を叩《たた》くな」

悪びれもしない啓斗を脇《わき》に避けさせ、峻成は硬直する陽太に微笑《ほほえ》みかけた。

ほんの少し前までは、なんて優しい義兄だろうと安心させてくれた笑みは、今は不安しかもたらさない。

この人は陽太の義兄であることを止めてしまった。陽太の心など置き去りにして。

「私の可愛い陽太君。調子はどうかな?」


啓斗が峻成の異母弟・啓斗だと判明した夜、陽太は高熱を出して寝込んだ。

自分と姉が啓斗の復讐《ふくしゅう》のために利用された挙句、峻成と啓斗の異母兄弟に揃って求愛される。これ以上の衝撃など無いと思っていたのに、翌日、意識を取り戻した陽太を待っていたのは更なる驚愕の展開だった。

目を覚ましてすぐ病室に現れた異母兄弟は、はっきりと陽太を見据《みす》え、宣言したのだ。

『私たちから逃げるのは許さない』

峻成は陽太の右手を取り、啓斗は左手を取って、それぞれの頬に押し付けた。

『絶対、僕たちのどっちかを選んでもらうから……覚悟してて』

ちっとも似ていない兄弟の、狂気を孕《はら》んだ眼差《まなざ》しに両側から射抜かれ、陽太の背筋を寒気が駆け抜けた。見抜かれた、と思ったのだ。陽太が二人から求められ、逃げ出そうとしていることを。

高熱から覚めて、真っ先に頭に浮かんだのは姉の陽菜《ひな》だった。峻成と啓斗に利用され、精神を病んでしまった姉を思えば、二人の愛を受け容《い》れるわけにはいかない。…どんなに、この心が揺らいだとしても。陽菜の思いに気付かず、優しかった姉をあんな凶行に走らせてしまった罪は、陽太にもあるのだ。

傷はもう殆《ほとん》ど完治しているのだから、一日も早く退院し、二人から離れなければならない。陽太の決意をよそに、主治医はなかなか退院許可をくれなかった。わざと引き延ばされているみたいだ、と思うのは、この病院の経営者が峻成の知人であることを鑑《かんが》みれば被害妄想ではあるまい。

陽太がじりじりとしながら病室に縛り付けられる間、峻成と啓斗はほぼ毎日見舞いに訪れ、陽太をかき口説いていく。

無理強いはしない、陽太にどちらかを選んでもらうのだと二人は言うが、病室以外に居場所の無い陽太を訪ねる時点で無理強いだ。啓斗はその魅力で、峻成は権力で看護師や医師まで思い通りになるのだから、たちが悪い。二人が訪れる時間帯を狙《ねら》って外出し、やり過ごすことさえ出来ない。

入院から半月が経ち、傷が癒《い》えた今では、傷口よりも心の方が痛む始末だった。

「食欲が無いようだったから、陽太君が好きなプリンを買ってきたよ。これなら食べられるだろう？」

ベッドの右側のソファにかけた峻成が、匙《さじ》で掬《すく》ったプリンを口元に運ぶ。

いつか土産に持ってきてくれたのと同じものだ。とても美味《おい》しくて感激したのだが、その後デパ地下で見かけた時、プリンとは思えない高価さに驚いた記憶がある。

「あんまり動かないのに、甘いものばっかり食べてたら飽きるでしょ。ほら陽太、お口あーん」

左側のソファに陣取った啓斗が張り合うように口元に運ぶのは、程良いガーリックの匂いが食欲をそそる一口サイズのパイだ。父や友人が持参してくれた見舞いが甘い菓子ばかりなのを、しっかり観察して覚えていたらしい。

どちらも峻成らしい、そして啓斗らしい選択だが、同じ日に同じ食べ物を見舞いに選ぶ辺り、この異母兄弟はとても気が合うのではないかと勘繰ってしまう。陽太には甘い視線を送りながら、陽太の向こう側の兄弟とは火花を散らすという器用な真似をやってのけるところもそっくりだ。

「陽太君？」

「陽太？」

とうとう二人の呼びかけまで重なり、陽太は仕方無しに口を開いた。ここで意地を張っても二人を煽《あお》るだけだ。

同時に入ってくるプリンとパイは、それぞれ単体なら舌が蕩けるくらいに美味しいのだろうが、口内で混ざってしまうとたんに甘いのかしょっぱいのかわからない味になる。わけのわからない、どっちつかずの味は、まるで陽太の心のようだ。

「…あーあ、泣かせちゃった。兄さんが無理矢理食べさせるからだよ」

呆《あき》れ果てた啓斗の呟《つぶや》きが聞こえて初めて、陽太は頰を濡らす涙に気付いた。

あたふたと拭《ぬぐ》おうとする手は右側から摑まれ、代わりに濡れたものが眦《まなじり》に溜《た》まった涙の粒を舐め取る。啓斗のものよりも少しだけ肉厚な峻成の舌が瞼まで這《は》っていくのは、異母弟に対する当てつけに他ならない。一体、いつから見られていたのだろうか。

「だっ…め、お義兄《にい》さ…あ、んぅ」

禁句を口にしてしまったと気付いた時には、もう遅かった。獣《けもの》めいた息がかかり、熱い唇が陽太のそれに重ねられる。

「う…っ、ふ、ん、ん、んっ」

絡《から》められた舌ごと口内を掻《か》き混ぜられ、だんだんかぶりつくように激しくなっていく口付けに、陽太は必死に抗《あらが》った。いつも看護師たちが甲斐甲斐《かいがい》しく働く空間に、くちゅくちゅと響く淫《みだ》らな水音が恥ずかしいから――だけではない。左側から、焦げ付くような視線に射られているせいだ。

激しい口付けに翻弄《ほんろう》されながらちらりと目線だけをやれば、予想した通り、啓斗がこちらをじっと見詰めている。義兄だった男の舌に昂《たかぶ》らされ、熱を帯びていく身体を見透《みす》かすかのように。粘つく眼差しはかつてこの身体を貫かれ、愛撫《あいぶ》された快感を否応無しに思い出させ、腰が自然に揺らいでしまう。

陽太の意識が逸《そ》れているのに感付いたのか、峻成が細い肩を引き寄せ、肘《ひじ》をついて覆《おお》い被《かぶ》さってきた。

啓斗の視線からは隠されたが、その分口付けはなお深くなる。押し潰《つぶ》さないよう細心の注意を払いつつも、腕の中に閉じ込めて逃がさないところまで、この兄弟はそっくりだ。

「…う、ぁ…」

ようやく解放され、閉じきれない唇からあえかな呻《うめ》き声を漏《も》らす陽太の喉《のど》を、峻成はぞろりと撫《な》で上げた。

「私はもう義兄ではないと、何度言えば理解する?」

――初めまして。君が陽菜の弟の、陽太君だね。可愛い義弟《おとうと》が出来て嬉《うれ》しいよ。

「私はもう義兄ではない。名前で呼びなさいと、あれほど言ったのに…あまり聞き分けが無いと、口付けられたいからわざとやっているのかと邪推してしまうよ」

──藤堂《とうどう》さん、じゃなくて、出来たらお義兄さんと呼んでくれないかな。兄弟になるのに、他人行儀なのは寂《さび》しいじゃないか。

「…に、い、さん…っ」

峻成が眉根を顰《しか》めるのがわかっても、初めて陽菜に紹介された時の記憶が蘇《よみがえ》ると、こみ上げる嗚咽《おえつ》を止められなくなった。

頼り甲斐のある優しい義兄と、その横に寄り添い微笑む大切な姉。陽太にとっては夢のように幸せだった光景は、本当の夢になって消えてしまった。あの頃とはかけ離れた、身勝手で醜い感情だけを陽太に残して。

「陽太君…」

「よしよし。おいで、陽太」

抱き寄せられた胸から仄《ほの》かに香る馴染《なじ》んだ匂いは、啓斗の愛用する香水だ。服装に合わせて香水も変えていたのを、陽太がこの匂いが一番好きだと何気無く言って以来、ずっと同じものを使うようになった。これは取引なのだと自分に言い聞かせながら啓斗と会っていた頃、こんな日が訪れるなんて夢にも思わなかったのに。

「タキ、さん…俺は…」

「今まで良い義兄《あに》ぶりっこしてたくせに、いきなり男として見ろって言われても戸惑うだけだよねえ。兄さんの言うことなんて、聞かなくていいよ。……陽太は、僕のことだけ見てればいいんだ」

ささくれだった神経を慰撫《いぶ》するような声音《こわね》を聞いていると、促されるままに身を任せてしまいたくなる。まだ何も知らず、啓斗に子どものように甘えられ、甘く胸を疼《うず》かせていた頃の気持ちが蘇り、やるせなくなる。

もし啓斗が本当にただのホストだったら、あるいはこの腕に包まれ、純粋な幸福だけを嚙《か》み締めていられたのかもしれない。

けれど、啓斗が峻成への復讐を計画しなければ、そもそも陽太と出逢《であ》うことは無かったのだ。最初から、ハッピーエンドなどありえなかった。

それでも、もしかしたらと夢見てしまうのは、陽太の心に消しようのない感情が渦巻いているせいだ。

六年もの間抱き続けた憎悪と復讐心を、陽太さえ傍《そば》に居てくれればいいと言い、ただ愛させて欲しいと望む啓斗に対しても——冷静さとプライドをかなぐり捨て、優しい義兄の仮面まで脱ぎ捨て、熱っぽい目で陽太を求める峻成に対しても。

だが、まるで似ていないのにそっくりなこの異母兄弟に負の感情以外を抱くことは、決して許されない。この想いは、死ぬまで胸に秘めておかなければならないのだ。悟《さと》られることさえ許されない。

「…俺は、タキさんも、おに…峻成さんも、どちらも選びません。姉さんが、許してくれるわけがない…」

啓斗の腕から抜け出し、どうかわかって欲しいと願いをこめてもう何度目かもわからない言葉を繰り返すが、返答もまた同じだった。

「私が知りたいのは陽菜ではなく、君の気持ちだ。…言っただろう？　君は何も悪くない、責められるべきは私だけだと。陽菜にはこれから、いかようにも償《つぐな》いをする」

峻成の言葉を、啓斗が引き継ぐ。

「君は僕たちをどう思っているの？　陽菜のことが無かったら、どちらか選べたの？　…僕が病院に忍び込んだ時、どうして僕の好きにさせてくれたの？　ねえ…、どうして？」

「…っ、そんなの、知らない…わかるわけがない…！」

左右から切々と訴えられ、陽太はたまらなくなって布団《ふとん》を引っ被った。

同じ問答を何度も繰り返すうちに、心はだんだん掻き混ぜられ、丸裸にされていく。

このままでは隠さなければならない感情まで曝《さら》け出されてしまいそうで怖い。露見したが最後、二人は絶対に逃がしてはくれないはずだ。

布団の中で震える陽太を引きずり出すほど、二人は残酷ではなかった。溜息と、二人が立ち上がる気配がして、布団越しにぽんぽんと叩かれる。

「…すまなかった。だが、君に関しては、私は譲る気は無い。君がどちらかの手を取るまで、絶対に諦《あきら》めない」

「ごめんね、陽太。僕も、これだけは兄さんに賛成だから。…ねえ、僕にしておきなよ。陽太のこと、絶対に大切にする。ずーっと僕の腕の中で、可愛がってあげるから」

ぎゅっと目を閉じていた陽太が布団から這い出たのは、病室の扉が閉まった後だった。

サイドテーブルに置かれた見舞いの品が目に入り、胸が締め付けられる。毎日のように訪れながら一度として同じものが重ならず、どれも陽太の好物や、趣味に合ったものばかりだ。二人とも多忙なのに、短くない時間を割いて選んでくれているのだろう。

姉にとっては決して許せない憎き男たちは、陽太にはどこまでも甘い。その甘さが、陽太を求める本心からの告白が、弱った心を揺さぶり、追い詰める。

「…春日井《かすがい》君？　春日井君、大丈夫？」

「は…っ？」

びくりとして振り向いたら、体温計を手にした看護師が心配そうにこちらを見詰めていた。さっき、啓斗から菓子を受け取った看護師だ。

「ごめんね、驚かせちゃった？　何度もノックしたんだけど、返事が無かったから」

「あ…、いえ、こちらこそすみません。午後の検温ですよね？」

陽太が体温計を腋《わき》に挟んでいる間、お喋《しゃべ》り好きな看護師は病室内をてきぱきと動き回って点検しながら、器用に口も動かした。

「さっきはお兄さんに美味しいお菓子を頂いちゃって、本当にちょ

がお姉さんの婚約者で、お菓子を下さった方は
ど、あんなに素敵なお兄さんがいっぺんに二人も増えて

「……ええ、まあ……」

邪気の無い笑顔を向けられ、陽太は曖昧《あいまい》に頷いた。

峻成と陽菜の婚約は実質上破綻《はたん》したが、峻成は未《いま》だにその事実を公には
として遇しているのだ。だからこの病院内では陽太は峻成の義弟のままで、峻成の
る啓斗も陽太の義兄と呼ばれる。

婚約の破綻を公にしないのは、醜聞《しゅうぶん》を恐れてのことではなく、陽菜のためだと峻成は言う。婚約者であった方が治療施設でも何かと優遇されるし、便宜も図ってもらいやすい。もし婚約者に捨てられた女だと陰口を叩かれずに済む。峻成はもう結婚するつもりは無いから、陽菜に新しい恋人が出来たら、その時は改めて婚約を解消すればいい。

真摯《しんし》な態度は、峻成の言葉が真実だと告げていた。陽太も信じていいと思う。まだ義兄弟だった頃から、峻成は自分の発言には必ず責任を取る男だった。陽菜を利用したのが事実だとしても、そこは変わらないはずだ。

だが、陽太はどうしても何か得体の知れないものを感じてしまうのだ。

峻成は今、一人の男として陽太を欲しいのだと、陽太を伴侶《はんりょ》にしたいのだと、見舞いに訪れるたびに告げる。義兄だった頃と同じ優しい笑みは、陽太が義兄と呼んだとたん崩れ去り、激

しい口付けで罰《ばつ》を与えられる。陽菜のため以外に何か目的があるのではないかと疑ってしまうのは、どうしようもないことだ。

「あの…、俺の退院って、まだ決まらないんですか?」

どんなに峻成たちを避けたくても、入院していてはそれも叶《かな》わない。

一日も早く退院して、二人の手の届かない場所に逃げなければならないのに、主治医の許可はなかなか下りなかった。今回も駄目だろうと半ば諦めつつ尋《たず》ねたのだが、看護師はにっこり笑って耳打ちする。

「春日井君、明々後日に退院が決まったみたいよ」

「えっ…、本当ですか!?」

「婦長が言ってたし、間違い無いわ。後で先生から正式にお話があると思うから、それまでは内緒にね」

「は、はい! ありがとうございます!」

唇に人差し指をくっつけてみせる看護師に、陽太はこくこくと頷いた。傷がほぼ完治し、患者自身も強く退院を望んでいる以上、主治医も峻成の意向に従い続けるわけにはいかなくなったのだろう。

これでもう峻成と啓斗に心を乱されずに済む。姉に対する罪の意識で苦しまなくていい。

だが、心は弾《はず》むどころかますます重く、苦しくなるばかりだった。

「陽太君の退院が明々後日に決まった」

愛車のレクサスが病院の駐車場を出るなり、峻成は助手席の異母弟に切り出した。走行中の車内は、密談にはうってつけの場所だ。聞き耳を立てられる心配が無い上、気詰まりな相手と正面から向かい合わずに済む。陽太の見舞いに訪れるようになってから、異母弟とはもっぱらこうして話していた。

「ふうん…可哀想に。陽太、今頃すごく喜んでるだろうにねえ」

頬杖《ほおづえ》をつき、意味深長に呟く啓斗は、知っている。病院に働きかけて陽太の入院期間を長引かせていた間、峻成が何をしていたのかを。

異母弟と思いがけない再会を果たし、母の所業が明らかにされてから、峻成は今まで被り続けていた見栄や世間体、プライドを脱ぎ捨てた。開き直った、と言った方がいいかもしれない。わかってしまったのだ。今までの自分は、母親に言われるがまま品行方正で理性的な男を演じ続けていただけなのだと。誰もが羨《うらや》む容姿や地位、財力を手に入れながら、その実、身体の内側にはどろどろとした醜悪な欲望が巣食っていたのだと。

峻成は会社の業務をこなす傍ら、精力的に身辺の整理をした。

まずは、母の民子《たみこ》から個人名義の資産を全て取り上げ、保養所に送り込んだ。週に数度連絡船が行き来するだけの島にある施設は、保養所とは名ばかりの隔離施設である。

当然、民子は猛反対したが、啓斗の一件を突き付けたとたん大人しく従った。息子よりも若い愛人を何人も囲い、色に溺《おぼ》れる母にとって、誰も自分をその対象としてくれない施設に閉じ込められるのは一番の罰だろう。尤《もっと》も、息子に心底軽蔑《けいべつ》され、いっぺんに老け込んでしまった母は、そんな気にもなれないかもしれないが。

父には代表取締役の地位から退いてもらった。他の取締役たちはすっかり峻成に囲い込まれていたから、簡単なことだった。

とりあえず他の取締役を代表取締役に昇格させたが、それは業界の慣習上、あまりに若すぎると周囲の反感を買う恐れがあるからだ。数年のうちには、峻成が社長の座に就くことになるだろう。

元々、放漫経営者として下からも疎《うと》まれていた父だから、会社には何の影響も無かった。峻成は父に世話人という名の監視役を付け、母が居なくても生活に困らないよう手配してから、生まれ育った実家を出たのである。

現在、峻成が暮らしているのは、病院からほど近いところにあるマンションだ。藤堂で施工を請け負った富裕層向けのマンションは、立地条件の良さも手伝い、一般の数倍の価格帯にもかかわらず完成前に完売した人気物件である。峻成は地位にものを言わせ、一室しか無い最上階をあっさりと確保していた。

独身の一人住まいには広すぎる部屋に、勿論《もちろん》、たった一人で暮らす気など無い。いずれは最愛の天使を迎え入れる。全ては、そのための準備なのだ。

本来ならば自分の胸にだけ仕舞っておくべき計画を、峻成はこの異母弟だけには逐一報告していた。

啓斗は血を分けた弟であると同時に、陽太を奪い合う最大の恋敵だ。

だが峻成には啓斗の苦しみに気付いてやれなかったという負い目があり、本当なら秘めておきたい手の内を晒《さら》さざるをえなかったのである。たとえ、啓斗が抜け駆け禁止の協定をしばしば破り、峻成の居ない間を狙って陽太に触れていたとしても。

だから、聡《さと》い啓斗は峻成がこれからどうするつもりなのかも当然看破しているだろう。くすくすと同性の目から見ても魅力的に微笑む。

「やっと僕たちから逃げられるって喜んでたのに、蓋《ふた》を開けたら檻《おり》の中でしたー、なんて本当に可哀想だよねえ」

「…人聞きの悪いことを言うな。別に、閉じ込めるつもりは無い」

「だよねえ。兄さんは閉じ込めるより、飼い殺す派だもんね。思いっきり甘やかして、相手が気付かないうちに自分無しじゃいられない身体にして、なし崩しに堕《お》ちてくるように仕向けるんでしょ？」

歯に衣着せない物言いには、素直で可愛かった弟の面影は欠片《かけら》も無いが、啓斗にはよく似合っていた。きっと、こちらの方が本性なのだろう。六年間も離れていて、再会してからまだ一月も経っていないのにもう峻成の本質を摑んでいる鋭さは、流石《さすが》は人気ホストだ。

「…そう言うお前こそ、飼い殺すどころではなく閉じ込めそうだな」

皮肉もこめて言ってやれば、啓斗はあっさりと頷いた。

「そりゃあそうでしょ。大事なものを誰でも手の届くような場所に置いとくなんて、考えられないよ。僕だけが開けられる箱の中に仕舞って、鍵《かぎ》をかけて、ずーっと僕だけが可愛がってあげるんだ」

その言葉が冗談でも何でもないことを、峻成はよく知っていた。幼い頃から啓斗は滅多に何かに執着しない子どもだったが、その分、一旦《いったん》執着するとすさまじかったのだ。

可愛がっていた金魚が死んだ時は、悪臭を放ちながら腐乱していく死体を、峻成が止めるのも聞かずに自室に置き続け、愛《いと》しげに眺め続けていた。骨だけになると小さな箱に入れて、大事そうに仕舞い込んだ。

あの箱は啓斗の家出後、民子が気持ち悪いと言って他の荷物と一緒に処分してしまったが、歪《ゆが》んだ寵愛《ちょうあい》を向ける啓斗が愛情を注ぐモノが面白くなかったのかもしれない。周囲が引いてしまうほどに、啓斗は一度欲したものにはどこまでも執着した。

いくら可愛がっている弟でも、かつての峻成はそこだけは理解出来なかった。やはり、半分は違う血が流れているのだと密《ひそ》かに嫌悪さえした。

だが、今ならわかる。あれは峻成にもまた共通する資質だったのだと。だからこそ、あれほど嫌悪を覚えたのだ。

陽太は無味乾燥な峻成の人生に突如として現れた天使だった。

何か特別なことがあったわけではない。ただ、峻成が落とした手袋を拾ってくれただけだ。ただそれだけで、峻成は陽太の虜《とりこ》になってしまった。

峻成のために滑りやすい道路を走り、上気した顔で手袋を差し出す陽太の柔らかそうな唇にかぶりつきたくなった。陽太が足を滑らせ、抱き止めた時には、その温もりをいつまでも腕の中に閉じ込めておきたいと本気で願った。叶うものなら、今すぐ邪魔な衣服を剥《は》いで、じかに少年の体温を感じたいとすら。

この感情が恋だと理解してしまったら、歯止めがかからなかった。

陽太の身元を調べ上げ、その姉を利用することさえ躊躇《ためら》わなかった。まんまと義兄の立場を手に入れ、陽太と親しく過ごせるようになったら、恋は身を焦がすような熱情に変化してしまった。

陽菜に対して、罪悪感が無いわけではない。結果的に異母兄弟揃って彼女をもてあそぶことになってしまい、心から申し訳無いと思っている。

一生責任を持つ、どんな償いでもすると陽太に告げたのは本心からだ。

けれど、陽太を欲するこの執着は罪悪感を軽々と凌駕《りょうが》し、峻成を衝《つ》き動かす。陽太が姉に対する良心の呵責《かしやく》を覚え、峻成も啓斗も受け容れられるわけがないと苦しんでいるのがわかっても、諦めてやれない。

それはきっと、啓斗も同じはずだ。峻成とは違う方法で、陽太の逃げ場を無くそうと策謀しているだろう。

「陽太のお父さん、工務店やってるんだよね。陽太とは仲も良いみたいだし…当然、藤堂の下請で仕事固めちゃってるんでしょ？」

「ああ。今はうちからの仕事が九割以上のはずだ」

陽菜の事件があってから、峻成はこれまで以上に護《まもる》が経営する工務店への下請発注を増やしていた。

真実を知らない護は娘を手厚く保護してくれたばかりか、仕事の保障までしてくれる峻成に感涙に咽《むせ》び泣きながら感謝したが、峻成は決して善意や陽菜への償いのためだけにやっているのではない。護を自分の意のままに動かせるようにするのが最大の目的だ。陽太の家族は陽太の一番の逃げ場になりうるのだから。

「兄さんにばかり任せておくのもなんだから、僕もちょっと頑張ってみたよ」

「…どういうことだ？」

「陽太のお父さん、僕のゲストが働いてるクラブの常連だったんだよねえ。僕のゲストに随分ご執心だっていうから、ちょっとよろめいたふりをしてもらってみたら、今じゃ再婚してくれないかって迫られてるんだって」

「…酷《ひど》いことをする」

「でしょー？　娘と息子が大変な時に、酷い父親だよねえ」

呆れ果てた口調で的外れなことを呟く啓斗に、峻成は僅《わず》かな寒気を覚えた。峻成が責めているのは護ではなく啓斗の方なのに、まるで気付いていないらしい。

啓斗の言いなりに護を誘惑したゲストは、きっと陽菜と同様、啓斗の魅力に嵌《は》まり、啓斗の歓心を買うためなら何でもするような女なのだろう。啓斗が喜ぶなら、本当に護と結婚しかねない。

自分に惚《ほ》れ込んでいる女に他の男を誘惑させるという酷な真似をさせて、啓斗は何の罪悪感も抱いていない。

事件の後に調査させたら、陽菜は啓斗に会う金を捻出《ねんしゅつ》するためにキャバクラで働き、借金を重ねて、風俗に堕ちるのも時間の問題だったという。それでも陽菜は最後まで啓斗を盲目的に求めていた。一体どうすれば、特に派手好きでもなかった平凡な女をそこまで夢中にさせられるのか、峻成にはとても想像がつかない。

護を誘惑しているゲストも、偶然啓斗の店の常連だったというのはいくらなんでも出来過ぎだ。啓斗が護の弱点となりうるものを調べた結果ゲストの存在が浮上したので、自分の店に引きずり込んだのだとしか思えない。啓斗なら、玄人《くろうと》のホステス相手でも容易《たやす》く自分の虜にさせられるだろう。

「男は若い女が出来れば子どもよりそっちを優先しちゃう生き物だからねえ。もし陽太が実家に逃げ込んだって、自分と同年代のハハオヤが居たらそうそう長居は出来ないでしょ。あ、ついでに歳の離れた弟でも作ってもらえばもっといいかも」

悪びれずに笑う啓斗の顔を、陽太に見せてやりたかった。

大切にする、ずっと可愛がると言ったのと同じ口で、この弟は陽太の逃げ道を何の悪気も無く潰していく。陽太の前ではおくびにも出さないだろうが、陽菜に対しても負い目は欠片も持っていまい。

だが、峻成に啓斗を責める資格は無い。啓斗が良心の呵責も無しに女性を利用出来るのは、確実に民子が原因だからだ。勤務するホストクラブでナンバーワンの座に君臨し続けているのも、その美貌だけではなく、女性に欠片も愛情や憐憫《れんびん》を抱かず、金を運んでくる道具として扱えるからに違いない。

まだ少年だった啓斗が受けた苦痛を思うと心が痛む。高校を卒業せずに家を飛び出して、その美貌があったとはいえ、峻成とは比べ物にならない苦労をしただろう。守ってやると言ったのに、守れなかった。峻成は啓斗に対してもまた罪を負っているのだ。

だからといって、陽太は譲れない。

啓斗はようやく再会を果たした唯一の異母弟である以前に、陽太を奪っていきかねない危険人物——即《すなわ》ち、敵だ。

峻成よりも先に陽太の甘いに違いない身体を貪《むさぼ》り、初めての蕾《つぼみ》を散らしたのだと思うと、兄としての愛情や憐憫などどこかへ吹き飛び、嫉妬と憎悪が取って代わる。

啓斗とて、長い間自分の苦しみに気付いてもくれなかった兄を恨んでいるはずだ。陽太を奪い合う仲ではなかったとしても、自分たちはもう二度と元の兄弟には戻れない。今の二人を繋ぎ止めているのは陽太だけだ。陽太がどちらかを選べば——選ばせれば、こうして二人きりで言葉を交わすこともあるまい。

啓斗が長めの前髪を掻き上げながら、横目でこちらを窺《うかが》った。

「…で、退院させるってことは、準備は整ったんだ?」

「ああ。後は陽太君に選んでもらうだけだ」

「…また、タキさんも峻成さんも選べません、とか言ったらどうするの?」

「選ばせるさ。…それしか、陽太君には選択肢が無いのだからな」

考えうる逃げ道は全て潰した。唯一、肉親だけが不安要素だったが、啓斗のおかげで危険度は限りなくゼロに近付いた。後は、この手に天使が堕ちてくる瞬間を待つだけだ。

……逃がさない、決して。

鋭く前を見据え、峻成はアクセルを踏み込んだ。助手席の異母弟が自分と同じ表情をしていることは、確かめなくても明らかだった。

退院当日、陽太は久しぶりに普段着に袖《そで》を通し、病室で迎えを待っていた。昨日はまんじりとも出来なかったが、緊張のせいで少しも眠くない。

主治医から正式に退院の通知があってすぐ、陽太は父の護に連絡を取り、着替えを持って来てもらった。そのついでに、退院する日には迎えに来てくれるよう頼んでおいたのだ。護は今下請業務が増えて忙しいと言っていたが、息子のためなら一日くらい休んでくれるはずだ。

峻成と啓斗はこの二日間姿を現さなかったが、安心など出来ず、むしろ不安が増すだけだった。陽太の退院を二人が把握《はあく》していないわけがない。退院の日、病院を出た瞬間に捕らわれ、今度こそ選択を迫られるだろう。

だが、いくら峻成たちでも、何も知らない護の目の前でそんな話をするわけにはいかないはずだ。

峻成は上手《うま》く護を言い包《くる》め、陽太だけ連れ出そうとするかもしれないが、何があっても絶対に護から離れなければいい。護も姉に刺されて心が不安定になっているのだと心配しこそすれ、不審には思わないだろう。

無事に帰宅さえすれば、いくらでも二人を避けられる。二人が訪ねてきても応対しなければいいのだし、大学のキャンパス内までは流石に追いかけてこられないだろう。

もう二度と、二人に挟まれて心を痛めなくてもいいのだ。狂おしいまでに陽太を求める二人の顔を見ることも、言葉を交わすことも無い。陽菜が許してくれないからと、自分の心に蓋をせずに済む。

…姉さん…ごめん…。

胸が疼くたび、陽太は姉を思い浮かべた。陽太ばかり愛されて狡《ずる》い、どうして私は愛されないのと叫んだ姉の姿を。そうすれば、二人にかき乱される心をなんとか抑えられた。

…もう、二人には会わない。絶対に関わらないから…だから、許して…。

何も悪くないのだと峻成に言われた時は心が揺らいだが、そんなわけがないのだ。陽太は誰よりも陽菜の近くに居たくせに、母とも慕《した》う陽菜の苦しみに気付いてやれなかった。陽菜が癒されない傷に苦しんでいるのに、自分だけが思いのままに振る舞うわけにはいかない。

『私が知りたいのは陽菜ではなく、君の気持ちだ』

あまりに身勝手すぎるこの気持ちを、解放するわけにはいかないのだ。陽菜のためにも…そして、峻成と啓斗のためにも。

きつく拳《こぶし》を握り込んだ時、扉が開き、看護師がひょこりと顔を覗《のぞ》かせた。

「春日井君、お迎えがいらしたわよ」

「あ…、はい。ありがとうございま…」

ふらりとよろめき、陽太は立ち上がろうとしたソファに逆戻りした。看護師の背後から姿を現したのは、峻成と啓斗の二人だけだったのだ。護の姿はどこにも無い。

「義弟がお世話になりまして、ありがとうございました」

「そんな、とんでもないことです。こちらこそ、私たちにまで色々とお気遣いを頂いてありがとうございました」

約束の時間はとうに過ぎているというのに、峻成たちが看護師に丁寧《ていねい》に頭を下げる間にも、父は現れない。二人に背を向けてこそこそと携帯電話を操作し、父の番号にかけると、すぐに繋がった。

『もしもし、陽太か？　どうした？』

「どうした、じゃないよ。どうして迎えに来てくれないんだよ!?」

『峻成君から聞いてないのか？　お前は峻成君の家に行くことになったんだ』

「…は…？」

どこか浮かれた声の護は、電話の向こうで息子が愕然《がくぜん》としているのにまるで気付いていないようだった。

『峻成君があれこれ仕事を回してくれるんで、やっぱり今は忙しくて手が空かなくてなあ。お前が退院してきても満足に面倒を見てやれないかもしれないと困っていたら、峻成君がお前の世話を買って出てくれたんだよ。陽菜があんなことをしでかしたのに、うちの工務店だけじゃなくお前まで気にかけてくれるなんて、本当に素晴らしい人だ』

「ちょっ、父さん」

『峻成君が優しくしてくれるからって、調子に乗らないようにな。くれぐれもよろしく伝えてくれよ。じゃあ、また連絡するから』

「…父さんっ!」

護は一方的にまくしたて、陽太が呼びかけるのにも構わず通話を切ってしまった。通話が切れる直前、若い女性の声が父を呼んだような気がしたが、あれは何だったのだろう。父の工務店には年配の男性従業員しか居なかったはずだ。

混乱しつつもリダイヤルしようとした時、背後から伸びた手が携帯電話を取り上げた。すっかり馴染んでしまった手が、陽太の右腕をがっちりと掴む。

「お父さんとのお話、終わった?」

「タキ、さん…」

見下ろしてくる啓斗の笑みは、峻成と並んだ看護師がうっとり見惚《みと》れてしまうほど美しいのに、陽太には恐ろしくてたまらなかった。空調の保たれた室内で、冷や汗が背筋を伝い落ちる。

「本当、陽太も諦めが悪いよねえ。…まあ、そこが可愛いんだけど」

「は、放して…タキさん!　タキさん!」

じたばた足掻《あが》いても、笑っていなされるだけだった。啓斗に半ば無理矢理立たされると、看護師との話を終えた峻成が悠然と歩み寄り、陽太の左腕を摑み上げる。

「お義父さんから話は聞いたな。…行こうか」

「とっ、峻成さん…！　俺は…っ！」

峻成とも、啓斗とも一緒には行けない。どちらも選べない。

叫ぼうとした瞬間、看護師がきょとんとしているのに気付き、陽太はとっさに口を噤《つぐ》む。何も知らない彼女にとって、峻成と啓斗は陽太の優しい義兄なのだ。ここで真実を吐露《とろ》すれば、三人の本当の関係がばれてしまう。

「陽太ったら、そんなに退院出来るのが嬉しいんだ。僕ならずーっとここに居たいけどなあ、可愛くて優しい看護師さんばっかりだし。陽太には悪いけど、もう来る理由が無くなっちゃうなんて寂しいよ」

「そ…っ、そんな、ぜひまたいらして下さい。お待ちしてますからっ！」

啓斗が陽太を捕らえたまま寂しそうに呟けば、うろたえた看護師は医療従事者としてあるまじき台詞《せりふ》を口走る。啓斗の色気にすっかりあてられてしまい、陽太の不審な態度など忘れてしまっただろう。

峻成は護に善意であんな申し出をしたのではない。陽太を自分の領域に引きずり込み、選択を迫るために決まっている。

陽太が退院をきっかけに二人から逃げ出そうとしていることに、峻成が勘付かないわけがないのだ。それは陽太だって承知していた。

けれど、陽太にはいつだって優しかった峻成が、ここまでするとは思わなかった…いや、思いたくなかったのだ。

心のどこかで、陽太はまだ優しい義兄の面影を求めていたのかもしれない。峻成なら、陽太が本気で拒否すれば許してくれるのだと。腕に食い込む峻成の指の力強さは、それが甘い幻想に過ぎないと無言で告げている。

「春日井君、退院おめでとう。お大事にね」

二人に引きずられていく陽太に、看護師が笑顔で手を振る。

途中で遭遇した他の看護師たちも、エントランスで待ち受けていた主治医も、皆が微笑ましそうに三人を見送った。皆、どうして気付かないのだろう。優しい義兄たちが迎えに来てくれたのではない。陽太は今、残酷な選択を迫る男たちによって罪人のように引っ立てられ、連行されているというのに。

ロータリーには見覚えのある藤堂の運転手付きの車が停まっており、後部座席に押し込まれた陽太の両隣を峻成と啓斗が固める。

「…どうして、こんなこと…」

静かに発進した車の中で呟くと、両側から答えが返ってきた。

「陽太がいけないんだよ。逃げたら、捕まえなくちゃならないでしょ?」

「言っておくが、お義父《とう》さんに助けを求めても無駄だ。私たちのうちどちらかを選ぶまで、外には出られないと思いなさい」

それきり、峻成も啓斗も無言だった。峻成はまっすぐに前を向き、啓斗は肘をついて車窓から流れる景色を眺めている。

だが、二人の意識が常に陽太に注がれているのは、両側から伝わる痛いくらいの圧迫感が証明していた。車は何度か赤信号で停まったが、どちらかのドアから飛び出すことなど到底不可能だ。

父が駄目なら友人に助けを求めればいいのではと閃《ひらめ》いても、携帯電話は啓斗の手の中だし、そもそも自分たちがどこへ向かっているのかもわからない。

なすすべも無く縮こまっているうちに、車は目的地に到着した。病院からさほど離れていない新築のマンションは、一般の分譲マンションとは明らかに造りが異なり、陽太にも相当高価だということがわかる。

思わず見惚れていると、再び両側から峻成と啓斗にそれぞれ腕を掴まれ、エレベーターに乗せられた。そうして連れ込まれたのは、最上階にある豪奢《ごうしゃ》な一室だ。

「どうぞ、お姫様」

押し込まれた玄関でぐずぐずしていたら、啓斗がさっと屈《かが》み、慣れた手付きで陽太の靴を脱がせた。

さりげなく見上げてくる目は妖艶《ようえん》で、靴下を穿《は》いた爪先《つまさき》に口付けられると、どきりと心臓が跳ねる。啓斗にこんなふうにかしずかれたら、女性なら夢見心地にさせられ、いっぺんで啓斗の魅力に参ってしまうだろう。そう、きっと陽菜も——。

峻成と啓斗は先に室内に上がり、陽太を待っている。ここまで来ては、もう逃げられない。陽太は姉の姿を思い浮かべ、決意した。何もせずに峻成たちから逃げおおせようと考えた自分が愚かだったのだ。こうなったら、何としてでも二人に納得してもらうしかない。

「…自分で行けます」

再び差し伸べられた二つの手を無視し、陽太は室内に上がった。二人は少し驚いたように目を瞠《みは》ったものの何も言わず、陽太を奥の広々とした太陽の光に満ちたリビングに導く。

陽太の実家よりも確実に広いそこは、家具の類《たぐい》が一つも置かれていないせいで、よけいに広く、寒々しく感じられた。ルーフテラスへ続く大きな窓には、カーテンすらかかっていない。がらんとした、生活感のまるで無い空間である。

「ここは…どこなんですか?」

「君と暮らすために、私が購入した部屋だ。家具は後で君の好きなものを選ぶよう、私が使っている部屋以外には何も入れていない」

当然と言わんばかりの峻成の口調に、眩暈《めまい》がした。あれほどどちらも選べないと言ったのに、峻成には全く通じていなかったのだ。

「先走って家まで用意するなんて、重すぎる男の典型だよねえ。これじゃあ陽太がますます断り辛くなっちゃうじゃない。ねえ陽太？」

　やれやれと肩を竦《すく》め、啓斗が陽太を引き寄せる。呆然《ぼうぜん》としていたせいであっさり収まってしまった腕の中に、きつく抱き締められ、肩口に顎《あご》を乗せられた。

「陽太は僕を選ぶんだから、こんな重たい家なんて要らないよね。早く僕を選んで、こんなところさっさと出て行こうよ。それで、一緒に住む家を捜そ？」

「タキ、さ…っ」

　ふっと息を吹きかけた唇が、陽太の耳朶《じだ》を軽く食《は》んだ。真実を知らなかった頃、肌を重ねるたびにされた仕草だ。

　身体中を器用な指先に愛撫され、とろとろに蕩かされる快感をそれだけで思い出してしまい、陽太はもがく。だが、もがけばもがくほど啓斗は強く獲物を搦《から》め捕り、甘い囁きで誘惑する。

「病院に忍び込んだ時…陽太は僕のこと、拒まなかったじゃない。僕を、抱き締めようとしてくれたじゃない。あれは、君も僕を好きになってくれたからじゃないの？」

「…、それは…」

「愛させてくれればいいって言ったのは、本気だよ。でも、本当は君が欲しい。君からも愛されたい。君と…ずっと一緒に居たい…」

　切なげに懇願されるたび、心の中で、固く閉じたはずの蓋が緩《ゆる》んでいく。意図的に思い出さないようにしていた記憶が、脳裏に蘇ってしまう。

身勝手な男。復讐のために姉と陽太を利用した酷い男。

未《いま》だに過去のトラウマに囚《とら》われ、夏が嫌いで、陽太にしがみついて眠っていた男。時折、陽太だけに見せた、途方に暮れた子どものような表情。きっと今、啓斗はあの表情をしているに違いない。

「僕を選んでよ、陽太。僕には、君が居なきゃ駄目なんだ。…兄さんには、絶対に渡せない」

ひたすら甘かった声音が、最後だけ挑発的な色を帯びた。

腕組みをして不気味な沈黙を保っていた峻成が、ぴくりと眉《まゆ》を動かす。射竦めるような視線に恐怖を覚え、強張《こわば》る身体に気付かないはずはないのに、啓斗は陽太のシャツの裾《すそ》から素肌に手を這わせ、更に挑発する。

「あっ…やっ、駄目、止めてくださ…あ、た、タキさ…っ」

そこだけで達するよう改造されてしまった乳首は、尖《とが》った先端を指先がかすめるだけで弱い電流のような快感が走り、甘い嬌声《きょうせい》が漏れてしまう。

なんとか堪《こら》えようと唇をきつく噛み締めた時、顎に指が添えられ、ぐっと上向かされた。至近距離にある峻成の端整な顔に驚く間も与えられず、唇を舐められ、反射的に開いてしまった隙間《すきま》から熱いぬめった舌が侵入を果たす。

「ん…、ふ、ううっ、……！」

身体は啓斗に囚われたまま、首から上だけを差し出すようにして、口内を蹂躙《じゅうりん》される。ち

ゆくちゅくとあてつけるかのようにあからさまな水音が漏れるたび、啓斗の手も淫らに蠢《うごめ》き、陽太の敏感な素肌を煽り立てた。

目を瞑っていてもわかる。兄弟は今、陽太の身体を愛撫することで、互いに競い合っているのだと。

甘く情熱的な啓斗の口付けとは違い、峻成のそれは落ち着いた外見からは想像もつかないほど激しく、呼吸ごと奪い尽くされてしまいそうで、陽太はやっと悟った。病院でも何度も荒々しく唇を奪われたが、あれでも手加減されていたのだ。峻成は一体、今までどれほどの熱情を優しい義兄の仮面の下に隠してきたのだろう。

「ん…、ふ…ぅっ」

さんざん唾液《だえき》を吸われ、からからになった口内から侵略者が名残惜しそうに出て行く頃には、陽太は自分の体重を支えることも出来なくなっていた。もし啓斗に支えられていなかったら、その場に倒れ込んでいただろう。

「…さっきの言葉、そのままお前に返すぞ、啓斗。私への憎しみは甘んじて受けるが、陽太君だけは渡せない」

ぐらりと傾《かし》いだ陽太の上半身を引き寄せ、胸に陽太の顔を押し付けながら、峻成が宣言する。毅然《きぜん》とした態度に反して、頬を打つ鼓動はスーツ越しにも速く、強い。小柄な陽太を挟んだだけの至近距離で対峙《たいじ》する兄弟は、きっと毛を逆立てた獣のように視線で威嚇し合っているはずだ。陽太の腰を抱く啓斗の手が、きつく食い込んでくる。

「…駄目だよ。兄さんだけは駄目だ。母親があんなことしてたのにも気付かなかったくせに、陽太に好きだなんて言う資格があると思ってるの？」

「っ…、そのことは、すまないと思っている。だが、それとこれとは別だ」

「別じゃないよ。そもそも僕が陽菜を巻き込もうと思ったのは、先に兄さんが陽菜を利用したからだ。兄さんは誰にでも優しくて公平だけど、それは裏返せば本当に大切な人間以外には誰にも興味が無いってことだろう？　…だから、大変なことになってても気付かないんだ」

ふと違和感を覚え、陽太は身を捩って啓斗を振り返ろうとした。啓斗が今、峻成を詰《なじ》っているのは陽菜についてであり、峻成もそう受け取っているだろう。けれど陽太には、何かが違う気が…峻成も啓斗も、大きな間違いを犯しているような気がしたのだ。結局は、峻成に阻《はば》まれて叶わなかったが。

「もし万が一、陽太が兄さんを選んだとしたって、兄さんは絶対また同じことを繰り返す。陽太が苦しんでるのにも気が付かないで、笑顔でまた傷付ける。兄さんは昔からそういう酷い人だった。今だって変わってない…いや、もっと酷くなってるじゃないか！」

「…お前は…！」

いつも飄々《ひょうひょう》とした啓斗が珍しく語気を荒らげた後、押し付けられていた顔と腰がいきなり自由になった。峻成が啓斗の腕を掴み上げたのだ。

峻成は二人の間から投げ出された陽太を心配そうに見遣るが、陽太が自力で立ったのを確認するや、すぐに凄《すご》みのある視線で異母弟を射る。

「ずっと、私を…そんなふうに思っていたのか？」

「…そうだよ。藤堂の家に引き取られた時からずっと思ってた。陽太にとっては、僕も兄さんも、どっちも最低最悪だ。でも、僕の方が兄さんよりは遥《はる》かにましだ…！」

摑まれた腕はかなり痛むだろうに、啓斗は少しも表情には出さず、異母兄を睨《にら》み返す。その色素の薄い瞳《ひとみ》がほんの一瞬揺らいだのと同時に、陽太の中にある考えが閃いた。

もしかしたら、啓斗が六年も経ってから峻成に復讐を企てたのは、峻成が憎かったからではなくて――。

「そうか…ならばもう、何を言っても無駄だな」

峻成は啓斗の腕を解放し、スーツの上着を脱ぎ捨てた。上質の布地が床に落ちる音が、がらんとした空間にやけに大きく響く。

一体、何をするつもりなのだろうか。

陽太が峻成の意図を悟ったのは、啓斗が解放された腕をこきこきと確かめるように動かし、大きく振りかぶった時だった。何かの武道をたしなんでいるとしか思えない華麗なフォームで、啓斗の拳が峻成のみぞおちを狙う。

「な……っ！」

鋭い一撃はとっさに防御した峻成の手に受け止められ、ぱんっと乾いた音をたてた。無言で拳を払いのけ、更に反撃に出ようとする峻成の前に、陽太は飛び出す。

「や…、止めて下さいっ！　何をしてるんですか！」

「退《ど》きなさい、陽太君。暴力に訴《うった》えるのは私の主義ではないが…それしか手段が無いのなら仕方が無い」

「どうせ、陽太はどっちも選べないって言うんでしょ。僕たちも、言葉じゃもうわかりあえない。…だったら、どっちか一人を強制的に消すしかないんだ」

陽太には理解不能なことを言う間にも、兄弟は陽太を通り越し、視線で激しい火花を散らしている。

二人から発散される刺々《とげとげ》しいオーラは、ただ挟《はさ》まれているだけで全身がぞくぞくと粟立《あわだ》つほどだ。促されるままに退いたが最後、目を覆いたくなる惨劇が繰り広げられるだろう。峻成は空手の有段者だと聞いたことがあるし、啓斗もかつて陽太に絡んできたちんぴらをあっさり撃退していた。

「…勝手、だ…」

峻成も啓斗も、陽太のせいにして、互いのことはまるで見えていない。見ようともしない。他人である陽太ですら、二人が大きな過ちを犯していると感じ取れたのに、どうしてかつては仲の良かった兄弟が気付けないのか。

「…陽太？」

「あんたたちは勝手だ！　俺が選ばないからって言うけど、ただ俺をだしにして兄弟喧嘩《げんか》をしてるだけじゃないか…！」

啓斗の呼びかけで、陽太の我慢の緒はとうとう切れた。呆気《あっけ》に取られる二人の顔は、造りは少しも似ていないのに、浮かべる表情はそっくりで、憤《いきどお》りを悲しさとやるせなさが凌駕してしまう。

「タキさん…、タキさんは峻成さんが憎いから復讐しようと思ったんじゃない。寂しかったから…悔しかったからでしょう？」

「…僕が、寂しい？」

「峻成さんがくれたＤＶＤのアニメを、今でも見てるじゃないですか。タキさんにとって、峻成さんは…お兄さんは、家の中で唯一愛してくれる、大切な人だったんでしょう？　だから、お義母《かあ》さんからの虐待に気付いてくれなかったのが寂しいんでしょう？　六年前も…そして、きっと今も」

誰にでも優しくて公平だけど、本当に大切な人間以外には誰にも興味が無い。だから、大変なことになっていても気付かない。

気付いてもらえなかったのは陽菜ではなく、きっと啓斗自身のことなのだ。峻成を唯一優しくしてくれる兄だと慕っていたからこそ、啓斗は峻成の本当に大切な人間になれなかったのが悲しくて、悔《くや》しかったのだろう。

虐待を受け、衣食住を盾に口止めをされるたび、心の中では峻成に助けを求めていたに違いない。実家を飛び出したのは、虐待よりも、峻成が気付いてくれなかったことの方が辛《つら》かったからではないだろうか。

「…啓斗が？　本当なのか…？」

信じられないとばかりに峻成に問われ、啓斗は視線を逸らすが、それでは肯定しているようなものだ。愕然と立ち尽くす峻成に、陽太は問いかける。

「峻成さん…峻成さんだって、タキさんが可愛かったんでしょう？　あの時、忙しさにかまけて話を聞いてやれなかったって、後悔してたじゃないですか。兄弟は一緒に居られる時間が短いんだから仲良くしなきゃ勿体《もったい》無いって言ってたじゃないですか」

「勿論、半分しか血が繋がっていなくても、啓斗は私の可愛い弟だ。しかし…啓斗は私を憎んでいるのだと、だからあんな復讐を企てたのだと、病院で再会した時からずっと思って…」

珍しく言いよどむ峻成の声音には、迷いが色濃く滲んでいる。

陽太は盛大に溜息をつきたくなった。

本当に、この兄弟はそっくりだ。血の繋がりが半分だけだなんて信じられない。一度思い込んだらそれだけしか考えられなくなって、相手を誤解したまま突き進むところは瓜《うり》二つだ。

「タキさんの復讐は、峻成さんに対する愛情の裏返しですよ。…少なくとも、俺にはそうとしか思えません」

でなければ、虐待した張本人である義母より峻成を六年間もずっと忘れられずにいるわけがない。啓斗が苦々しげな表情をしつつも口を挟まないところをみると、陽太の推測は間違ってはいないのだろう。啓斗自身、今ようやく峻成に対する気持ちを自覚したに違いない。

「啓斗…」

峻成が啓斗に震える手を伸ばしたので、陽太は黙って二人の間から退いた。俯《うつむ》いた弟の両肩を、兄の手がしっかりと摑む。きっと、六年前と同じように。

「すまなかった。母さんの虐待に気付いてやれなかったことだけじゃない。何より…お前の心を傷付けてしまったこと、本当に申し訳無い」

「……」

「何を言ったところで、言い訳にしかならないが…私はお前の様子がおかしいと察してはいたんだ。だが、私が問い質《ただ》す前に、お前は消えてしまった。…お前は私の大切な人間だ。そうでなければ、もっと早く聞いていればとあんなに悔やんだりはしない」

「…兄さん…」

呟いたきり、啓斗は何も言わなかったが、兄の手を拒みもしない。峻成の言葉がその心に届いた証拠だと、陽太には感じられた。

長い間のわだかまりがすぐに解けるとは思えない。

　だが、互いにとって互いが大切な兄弟なのだと思い出せたのなら、時間はかかっても、きっと元の仲の良い兄弟に戻れるだろう。陽太たちを利用した二人だが、陽菜がもう二度と以前のように笑いかけてくれないとわかるからこそ、せめてこちらの兄弟には元の鞘《さや》に収まって欲しいと心から願う。

　そのためにも、陽太はこの心に蓋をしなければならない。陽太という最大の障害さえ居なくなれば、今の二人がいがみ合う原因は無くなるのだから。

「峻成さん、タキさん。…何度でも言います。俺は、どちらも選べない」

「……っ!?」

　同時に振り返る兄弟を、陽太はまっすぐに見詰めた。

　何でもすぐ顔に出ると兄弟に揃って評された陽太だ。胸に渦巻く感情に勘付かれないよう、必死に心を落ち着かせる。

「何故だ…やはり、私たちを許せないからか?」

「…俺に、二人を責める資格なんてありません。それどころか、俺の方が二人よりも責任はあるのかもしれない。ずっと一緒に居たのに、姉さんの本当の心に全然気付いてあげられなかったんだから」

　いつも優しく朗らかな姉が、笑顔の裏にあんなにどろどろとした感情を潜ませていたなんて思いもしなかった。自分を犠牲にして陽太を育ててくれた姉を、助けてあげられなかった。陽太が姉のために良かれと思ってやったことは、全部、逆に姉を傷付けるだけだったのだ。

だから、陽太も罰を受けなければならない。二人に対する想いを、悟られるわけにはいかないのだ。

「俺が居なくなれば、二人が争う理由はもう何も無くなるでしょう？　だから、俺は…」

「…それが、陽太の答え？」

沈黙を保っていた啓斗が、ひたと目を合わせてくる。何もかも見通すかのような眼差しから逃れたいのに、啓斗は決して許してくれない。

「僕たちも、何度も言ったはずだよ。聞きたいのは君の気持ちなんだって。なのにどうして自分以外のことばかり持ち出してくるの？　陽菜の次は、僕たちまで…まるで、何かを隠したいみたいに」

「お…、俺は…」

「君のおかげで啓斗の本当の心を知ることが出来て良かったと思う。啓斗は私の大切な弟だ。君はそれを思い出させてくれた。…だが、弟への愛情と君へのそれは違う。君がどうしても選べないというのなら、やはり採るべき手段は一つだ」

峻成の言う手段とは、さっきまでのように拳で強引に決着をつけること以外に無い。まさかと思いたくても、二人を包む不穏な空気はとても和解への一歩を踏み出したばかりの兄弟が醸し出すものではなかった。

「どうしてですか!?　二人とも、せっかく再会して、わかり合えたのに…どうしてまた兄弟で傷付け合ったりするんですか！」

「別に、傷付けるつもりは無い。君が選べないと言うから、私たちが選ぶだけだ」

「過去のことと、君のことは別だよ。…下がってて、陽太。怪我するから」

殺気を撒《ま》き散らしながら言われて、はいそうですかと従えるわけがない。

きっと二人はどちらかが立ち上がれなくなるまで互いに拳を振るい続けるだろう。さすがに命に関わることは無くても、せっかく歩み寄りかけた兄弟の距離が修復不可能なまでに離れてしまうのは必至だ。

陽太は何度も激しく首を振った。

こんなのは違う。陽太は二人が自分を奪い合い、傷付け合うことなんて少しも望んでいないのに、二人はどうしても決着をつけようとする。もう、兄弟のわだかまりは関係無い。陽太が選ばないから…本心を隠したままでいるからだ。

陽太が本心を告白すれば、無意味な争いを止められる。けれどそれは、同時に陽菜に対する大きな裏切りになってしまう。

自分か彼らか、どうしてもどちらかが傷付くのは避けられない。究極の選択を迫られ、頭が真っ白になる。

けれど、二人が動いた瞬間、とうとう固く閉めた蓋が外れてしまった。決して告げるまいと固く誓っていたはずの本心が、唇から迸《ほとばし》る。

「止めて下さい！　俺は…どっちも好きなんです。タキさんも、峻成さんも…！」

「陽太…!?」

「陽太君…」

弾かれたように振り向く二人の顔は、驚愕と僅かな期待に染まっている。しまった、と口元を押さえたが、一度発してしまった言葉はもう取り消せない。

「陽太…、それ、どういうこと？」

「話してくれ、陽太君。どちらも選べないというのは、私たち二人とも愛しているからなのか？」

二人に詰め寄られ、左右の手をそれぞれにがっちり捕らわれては、もはや逃げることは叶わなかった。陽太は兄弟を交互に見詰め、やがてじわじわと広がる諦念《ていねん》と共に吐露する。

……姉さん、ごめん。やっぱり、隠し切れなかった。

「好き、です…二人とも、姉さんのことを考えたら絶対に駄目だってわかってるのに、嫌いになれなくて…それどころか、どんどん好きになっていって…」

啓斗も峻成も、陽菜を利用していたのは事実でも、陽太への想いは本物だったのだ。姉にすまなく思いつつも、そこまでして自分を求めてくれる二人を、嫌ったり憎んだり出来るはずが無かった。

だって、陽太は知っているのだ。啓斗が飄々とした態度の裏に、どうしようもない孤独を抱え、陽太に癒してもらいたがっていることを。峻成の手がどれだけ優しく、心地良く陽太を包み込み、守ってくれるのかを。取引として抱かれている時でさえ陽太は啓斗に求められる愉悦に溺れ、峻成の優しい手を姉に渡したくないと密かに思っていた。

だから、入院中は怖くて怖くて仕方が無かった。一刻も早く退院して、二人の手の届かない場所へ逃げ去ってしまいたかった。さもなくば、二人に愛を囁かれ、その温もりを感じるうちに、身勝手すぎる想いを自分から暴露《ばくろ》してしまいそうで。……結局は、そうなってしまったけれど。

「二人とも好きだなんて、こんなの、おかしすぎる…姉さんだって、許してくれない…だから選べないって言ったのに、酷い…二人とも、酷いです…っ」

もしも兄弟が陽太の目の前で争わなかったら、こんなふうにみっともなく泣きじゃくりながら告白させられることなんて無かった。

いや、それもただの言い訳だ。

陽太さえ二人に対する想いを消し去ってしまうことが出来れば、姉を裏切らずに済んだ。陽菜が今の陽太を見たら、きっと半狂乱になって罵《ののし》るだろう。

結局は、啓斗よりも峻成よりも陽太が一番姉を傷付け、もてあそんでいる。姉の受けた痛手を承知しながら、姉が求めてやまなかった啓斗と峻成の愛情をはねつけられない。それどころか、二人に求められ、どこかでずっと歓《よろこ》んでいたのだから。

「酷い…俺も、タキさんも峻成さんも…みんなみんな、酷いです…っ」

しゃくりあげるうちに涙で視界が歪み、シャツの袖でごしごしと顔を拭う。

その僅かな隙に啓斗と峻成が目配せをし合い、頷いたのに、陽太は気付かなかった。乱暴に擦《こす》ったせいで赤くなってしまった目元に、左右から宥《なだ》めるような優しい口付けが落とされる。

「…ごめんね、陽太。君がそんなふうに思ってたなんて、わからなかった」

「君は私たちを救ってくれたのに…私たちは、君を傷付けてばかりだな」

溢《あふ》れ出る涙を二つの感触の違う唇が舐め取ってくれる間に、陽太の嗚咽も少しずつ収まっていった。

ぱちぱちと瞬《まばた》きをすれば、男らしく端整な容貌《ようぼう》と、作り物めいた妖艶な美貌が蕩けんばかりの微笑みを浮かべている。

「君は、何も悪くないんだ。陽菜と君を傷付けた責任は、全て私と啓斗にある。君たちが望むなら、どんな償いでもしよう」

峻成の囁きに、啓斗が頷く。

「君が傍に居てくれるなら、きっと兄さんともうまくやっていける。だから…離れないで。僕を見捨てないで。君を…ずっと傍で、愛させて」

「でも…、でも、俺は…っ」

　二人を求める気持ちに、優劣などつけられない。二人のうちどちらかを選べるものなら、最初からこんなに悩み、苦しまなかった。たとえ陽菜のことが無くても、陽太はどちらも選べず追い詰められていたはずだ。

「選ぶ必要は無い、と言ったら？」

「…え…っ？」

　峻成が何を言っているのかわからず、きょとんとする陽太の頬を、啓斗が優しく撫でる。

「僕たち二人とも、好きになってくれたんでしょう？　…だったら、二人とも愛してくれればいいだけだよ。そうすれば、僕と兄さんは仲良くやっていける。君も僕たちの板挟みになって苦しまずに済む。いいことずくめじゃない？」

「ふ…、二人ともって…」

　二人とも愛するということが何を意味するのか理解出来てしまうだけに、陽太の心はぐらぐらと揺れた。

　峻成と啓斗と、同時に身体の関係を持つということなのだ。啓斗としてきたように、峻成の…姉の婚約者だった男の雄も、この身に受け容れる。想像するだけで倫理に欠ける、淫らすぎる行為だ。

　だが、陽太が受け容れさえすれば、啓斗の言う通り、全てが丸く治まるのだ。

　啓斗と峻成は争わない。陽太は兄弟のどちらも選ばなくていい。陽菜に対する罪悪感は、二人が一緒に背負ってくれる。

ただ、陽太が頷くだけで……。

「陽太」

「陽太君」

よく似た声音で、兄弟が熱っぽく囁きかける。左右から回された四本の腕が、ゆっくりと陽太を搦め捕る。

抵抗しなければ…突き放さなければならないのに、身体が言うことを聞いてくれない。ずっと抑え付けられていた利己的な本能が、歓声を上げる。

欲しかったのはこれなのだと。姉が精神を病んだ責任を一人で負うのなんてまっぴらだと。

「行こうか。……その身体に、教えてやろう。私たち二人に愛されるのが、どういうことなのか…」

「君は何もしなくていいよ。全部、僕たちがやってあげるから…」

あまりに魅力的な誘惑に、もはや抗うすべなど無かった。


峻成《としなり》に抱き上げられ、連れて行かれたのは峻成が使っているというベッドルームだった。整然とした広い室内で、一人寝には大きすぎるキングサイズのベッドが存在感を主張している。

「うわ……なんか、ヤる気満々って感じ。兄さんって、やっぱりムッツリスケベの素質あるよね」

「…くだらないことを言っている余裕があるなら、そこで指を咥《くわ》えて見ていたらどうだ？」

「嘘《うそ》、嘘。見学なんて、してられるわけないじゃない。僕だって久しぶりなのに……ねえ？」

峻成に睨《にら》まれた啓斗《けいと》が、色っぽい流し目を寄越してきた。ぞくりと震えた身体を、峻成は皺《しわ》一つ無い真っ白なシーツに横たえ、靴下を脱がせる。

「啓斗に見詰められただけで感じてしまうなんて、悪い子だ」

「…あ…っ、峻成さ…っ」

ベッドに乗り上げてきた峻成に、足首をそっと持ち上げられ、足の甲に口付けられる。いつも纏《まと》う泰然自若とした雰囲気に反して、峻成の唇は意外なほど熱い。欲情の宿った漆黒の双眸《そうぼう》で見詰められると、まだ靴下だけしか脱いでいないにもかかわらず、素裸にされたかのような羞恥《しゅうち》に襲《おそ》われてしまう。

「愛しているよ、陽太《ようた》君。初めて逢った日から…私はずっと、こんな日が来ることを夢見ていた…」

「峻成さん…あ、だ、駄目、そんな…汚い…っ」

「汚くなど、あるものか。君は私の天使だ。どこもかしこも、綺麗《きれい》で愛らしい…」

ぬちゅ、ねちゅ、と淫《みだ》らな唾液《だえき》の音をたてて、峻成が陽太の足の指を一本一本確かめるように舐《な》めしゃぶっていく。

あまり出歩かなかったとはいえ、夏にまだシャワーも浴びていない足の指をまだきっちりシャツを着込んだままの峻成にしゃぶり回されるのは羞恥でしかなく、陽太は頬《ほお》を真っ赤に染めながら必死に訴《うった》える。

「や…っ、止めて下さい、峻成さん…せ、せめて、シャワーを…」

「駄目だ。そんなことをしたら、君の匂いが消えてしまうだろう?」

「あ、…あ、ぁん…!」

指先をぺちゃぺちゃと舐め上げられてから、だんだん深く含まれ、唾液でたっぷりと潤《うるお》った口内で舌を絡ませられながら愛撫《あいぶ》される。

その動きが啓斗に性器を口で愛撫される時に似ていると気付いてしまったら、もう駄目だった。

腰が砕け、時折指先を甘く噛《か》まれるたびに強い快感が走る。熱が股間《こかん》に集まっていくのがわかり、もどかしく内股《うちまた》を擦り合わせたら、ジーンズのごわついた生地が食い込んで、下着の中に濡《ぬ》れた感触が広がった。ただ足の指をしゃぶられているだけなのに、もう先走りを零《こぼ》してしまっているのだ。

恥ずかしさのあまり顔を逸《そ》らすが、峻成にはばれているような気がしてならない。指をしゃぶる舌の動きが、ますます卑猥《ひわい》に、そして激しくなっていく。

「ふふ…、もしかして、僕にしゃぶられた時のこと、思い出しちゃった？」

何時《いつ》の間にかシャツを脱ぎ去っていた啓斗が、背後から陽太の上半身を抱き起こし、熱くなった耳朶《じだ》を食《は》む。快楽に侵されつつある身体はそれだけで疼《うず》いてしまい、陽太は自分のものとは思えないほど甘い嬌声《きょうせい》を零した。

「…ぁん、タ、キさん…っ」

「陽太、いやいやってしてたけど、しゃぶられるの大好きだったもんね。ここ、もうこんなにしちゃって可哀想…」

「あ…っ、駄目、触っちゃ、駄目ぇ…っ」

ジーンズ越しに握られた性器が、にちゅうっと下着の中で粘り気のある音をたてるのがわかった。きっと今、陽太の下着は先走りの恥ずかしい汁に濡れて、酷い有様のはずだ。何度も陽太を抱いてきた啓斗にも、伝わっていないはずがない。

「ああ、もう、かーわいい。陽太」

なのに、甘ったるい歓声を上げた啓斗は、陽太の肩越しに頬をぐりぐりとすり寄せながら、なお強く性器を揉《も》みたてるのだ。

強い刺激に、性器がどんどん熱を帯び、成長していく。止めて欲しくても、啓斗の腕と両膝《りょうひざ》でがっちりと身体を固定されてしまえば、抵抗など不可能だった。とどめとばかりにシャツの裾《すそ》から啓斗の手が侵入し、乳首を抓《つね》られてしまうと、堪《こら》えきれなくなった欲望がとうとう溢《あふ》れ出る。

「あっ、あっ、やああっ！　あ…っ！」

びくん、びくん、と跳ねる身体を、啓斗が愛《いと》しげに抱きすくめ、震えさえも味わい尽くされた。

下着の中に、さっきまでとは比べ物にならない量の生温かい液体が溢れ、どろどろと広がっていく。啓斗の手に覆《おお》われたままの股間も、ジーンズの上まで精液が滲《にじ》んでいるはずだ。

二十歳にもなってお漏《も》らしをしてしまったような羞恥に襲われ、陽太はぽろぽろと涙を零した。

「だから…、駄目って、言ったのに…タキさんの、意地悪…っ」

「ごめんね。でも、陽太もいけないんだよ。そんなに可愛い顔するから…ほら、兄さんもめろめろになってる」

まるで悪気の無い啓斗に促され、足先を窺《うかが》ったとたん、射精後の気だるさは消え去ってしまった。

陽太の足首をがっちり摑《つか》んだままの峻成が、極上の獲物を前にした野獣のようにぎらぎらと双眸を光らせているのだ。めろめろなんて可愛いものではないその目線の先にあるのは、啓斗の手とジーンズに覆われた陽太の股間である。

きっと、峻成はずっとその目で陽太を犯していたのだろう。布越しに少し扱《しご》かれ、乳首を揉まれただけで達してしまったいやらしい陽太を。

もしかしたら、持ち主同様泣きじゃくっている性器も、峻成には見えているのかもしれない。そう思ったら、ずくん、と達したばかりの性器が脈打つ。もどかしい愛撫だけではなくて、直接触れて欲しいと訴える。

「本当は僕がしゃぶってあげたいけど…まずは、兄さんに譲ってあげなきゃね。兄さんは陽太を抱くのは初めてなんだし」

殊勝な申し出は、その実、陽太の耳にも優越感に満ちて聞こえた。峻成の双眸が剣呑《けんのん》に細められる。きっと、啓斗は兄をうっとり見惚《みと》れてしまいそうなほど美しい笑顔で挑発しているはずだ。

だが、峻成はそれ以上挑発には乗らず、おもむろに陽太のジーンズの釦《ボタン》を外す。啓斗が少し陽太を持ち上げてやったおかげで、身体にフィットしたジーンズも容易に脱がせることが出来た。不穏な空気を撒《ま》き散らしているくせに、呼吸はぴたりと合った兄弟だ。

あっという間に中途半端にはだけたシャツとぐしょ濡れの下着だけにされてしまい、唖然《あぜん》とする陽太の下肢から、峻成が最後の一枚を剥《は》ぎ取る。精液の沁《し》み込んだ布がぬちょりと糸を引くのが恥ずかしくてたまらないのに、峻成は恍惚《こうこつ》とした表情で陽太の脚を広げさせ、達したばかりで萎《な》えた性器に顔を寄せた。

「綺麗だ…、陽太君…なんて可愛い…」

「あ…、峻成さ…ん…っ！」

壊れやすい硝子《ガラス》の器でもあるかのように捧げ持たれた肉茎が、熱い口内に飲み込まれていく。

「ひゃっ…んっ！」

「…おっと」

くちゅ、くちゅ、と音をたてて吸われ、反射的に閉ざしてしまいそうになった両脚を、啓斗が膝裏に手を入れて更に広げさせた。峻成の喉《のど》がごくりと鳴り、根元まで一気に含まれる。

「タ、タキさん、放して下さい…っ」

こんなふうにされたら、峻成には陽太の太股はおろか、濡れそぼった性器も、精液に汚れた薄い陰毛も、全てが丸見えになってしまう。

陽太は身を捩《よじ》って懸命に懇願するが、快感に潤んだ目で、堪え性の無い性器を再び男の口の中で膨らませかけているのでは、何の説得力も無かった。魅惑的な茶色の双眸に、熱情の炎が宿る。

「酷いなあ。僕は陽太のためにしてあげてるのに」

「お、…れのため、…っ？」

「そうだよ。だって陽太、男におしゃぶりされるの大好きでしょ？　ちんこも…可愛《かわい》いおっぱいも」

「やーっ…、あ、あ！」

身を捩っていたせいで横を向いていた乳首が、啓斗の唇に含まれた。柔らかく弾力のある唇に挟《はさ》まれ、先端をくにくにともてあそばれると、忘れかけていた記憶が鮮やかに蘇《よみがえ》った。

ああ、そうだ。病院に忍び込んできた時も、啓斗は陽太が生きている証拠を見せて欲しいと言って、乳首を執拗《しつよう》に愛撫したのだ。

でもあの時は、もっと激しくて…こんな、ただ優しく食むだけじゃなくて、歯で押し潰《つぶ》すみたいに…。

「タキさ、んっ、あ、タキさぁ…んっ」

いつしか陽太は、自ら腰を揺らして峻成の口内に性器を突き入れるようにしながら、意地悪な男に懇願していた。

「ん？　なあに？　陽太」

「もっと、そこ、…強く…」

「そこ、じゃあわからないよ。もっとはっきり、詳しく言ってくれなくちゃ。…ね？　兄さんもそう思うでしょ？」

峻成は答えなかったが、がつがつと獲物《えもの》を喰らうかのように熱心だった動きがぴたりと止まり、代わりに根元を指で縛《いまし》められた。これでは、自分で動かすことも出来ない。身体の内側では二人がかりで高められた欲望が出口を求め、ぐるぐると回っているのに。

「や…、峻成さん…、タキさん…」

一度捕らえた獲物は逃がさないとばかりに咥えられたままの性器が、峻成の口内で舐め回される。じわじわと熱を広げるだけで、決定的な刺激にはならない愛撫がもどかしい。

「やぁっ…あ、あ、…ぁ、あっ…」

「言えるよね、陽太。教えてあげたでしょ?」

啓斗が耳の穴に舌をぬろっと差し入れながら囁《ささや》く。

頭の中に直接響くような甘い声音に、陽太は無意識に頷《うなず》いていた。素直に従いさえすれば、啓斗はめくるめくほどの快感をくれる。それは、取引として抱かれていた頃に擦《す》り込まれたことだった。

「じゃあ、僕の代わりに自分で脚を広げて。…そう、兄さんがやりやすいようにね。うん、上手」

啓斗に言われるがまま、陽太は自分で膝裏に手を入れ、さっきよりも大きく脚を広げた。持ち上げすぎて乳首が隠れてしまわないよう注意したら、啓斗が耳朶をかぷりと噛んで誉《ほ》めてくれる。

啓斗が陽太の横に回り、背中に沢山のクッションを差し入れてやれば準備は完了だ。陽太は自ら脚を広げて峻成に性器を捧《ささ》げた格好で、啓斗に懇願《こんがん》する。

「お願い、します…、…おっぱい、噛んで…」

「……よく出来ました」

啓斗が陶然《とうぜん》と微笑《ほほえ》んで陽太の乳首に噛み付くのと、性器をじゅっと強く吸い上げられるのは同時だった。

身体の中で渦を巻いていた熱が一気に性器に集中し、爆発する。

もはや出すことしか考えられなくなり、陽太は脚を支えていた手を外し、シーツをきつく摑んだ。

「ああっ！　あ、やぁっ、あああ――…っ！」

ようやく許された射精は脳が焼けてしまいそうなすさまじい快感をもたらし、陽太は背を撓《しな》らせ、見開いた目から愉悦の涙を零した。

弾《はじ》けた性器の先端からとめどなく零れる精液を、峻成が喉を鳴らして飲み下していく。突き出された乳首を、啓斗が陽太の望み通りに噛んで、歯に挟んだまま引っ張るようにしてこねまわす。

――ああ、喰われている。

力無くクッションにもたれ、見下ろした光景は肉食獣の食事のようで、背筋をぞくぞくと戦《せん》慄《りつ》にも似た快感が這《は》い上がった。

ほんのついさっきまでいがみ合っていた異母兄弟が、陽太という同じ獲物を分かち合っているのが嬉《うれ》しい。白い身体は悦楽にほんのりと紅く染まり、疼きだす。ほんのちょっと触れられただけで、怖いくらいに感じてしまう。

汗を吸ったシャツが、肌に纏わり付いてうっとうしい。少し身動《みじろ》いだだけで、啓斗が最後の一枚を取り去ってくれた。そのまま情欲に染まった美しい顔を近付けてきた啓斗と、陽太は夢中で口付けを交わす。

「…っ、はぁ、陽太君…」

「ん…ふぅ、んんっ」

ずっと咥えていた性器をようやく解放した峻成が、まだ股間で熱心に頭を蠢《うごめ》かせている。陽太の陰毛に鼻先をくっつけ、湿った匂いを嗅《か》ぎまくっただけでは足りずに、舌をべろべろと這わせているのだ。みるまに濡れていく陰毛の感触がそう教えてくれる。

「うっ…ん、くぅ、ん、ふぅぅ…っん！」

ほんのささやかにしか生えていない陰毛ごと、普段は自分でも殆《ほとん》ど触れることの無い部分の皮膚を舐め回されると、快感で爪先《つまさき》がびくびくと跳ねた。まさか、そんなところが感じるだなんて思ってもみなかった。

ついでのように舌先で脚の付け根の薄い皮膚をこそがれると、また股間に熱が集まっていく。陽太の反応で感じる場所だとばれてしまったのか、峻成が跳ねる脚を太股ごと抱え込み、そこばかり舐められた。

尻《しり》がぐっと持ち上がり、塗り込まれる唾液が尻のあわいへ伝い落ちる。まだ触れられてもいない蕾《つぼみ》が、生温かい唾液に濡らされ、過去の快感の記憶を呼び起こした。そこを啓斗の指でじっくりと拡げられ、最後には圧倒的な質量の雄に貫かれ、奥の奥で大量の熱い精液を注ぎ込まれる、あの淫らで甘い記憶——。

「…よそ見は駄目だよ、陽太。悪い子」

「そんなっ…の、ん、あぁ！」

ずっと陽太の口内を我が物顔で蹂躙《じゅうりん》していたくせに、陽太が物欲しそうに尻をもじもじと揺らしたことくらい、啓斗にはお見通しのようだった。べろ、と紅い舌を見せ付けてから陽太の尖《とが》った乳首を優しく舐め、すぐさま噛む。

「いぁっあ！　あ、あ…ん…」

「キスよりおっぱいをしゃぶられる方がいいんだ？　陽太ったら、本当にオンナノコになっちゃったね」

ふふ、と笑った啓斗が、肉付きの薄い陽太の胸を両手で寄せて上げる。

そんなことをしても到底女性のような豊かな乳房になどならないのだが、ほんの少しだけ盛り上がった胸に顔を埋め、啓斗は再び乳首を咥えた。同時に胸を強く揉みこまれ、痛みと共に生まれる快感が陽太を浸食していく。

「やぁ！　あ、タキさ、ん、だめ、それ、だめぇ…っ」

以前から執拗に愛撫されてきたせいで、ただでさえそこは弱いのだ。陽太は吸い付いて離れない啓斗をなんとか引き剝がそうとするが、妖艶《ようえん》な上目遣いと一緒に先端を舐め上げられたとたん力が抜け、明るい栗色の髪に指先を埋めるだけになってしまう。

「そうだよ…陽太はずっとそうやって、僕たちに任せていればいい」

「あ…、っん、ぁ、あっ」

「僕たちを受け容《い》れることだけ、考えてて…ね？」

啓斗の囁きを肯定するかのように、峻成が陽太の脚をぐっと押し広げながら持ち上げた。ひくつく蕾に柔らかいものが触れ、それが峻成の唇だと悟《さと》ると、反射的に足が跳ねる。指でほぐされたことはあっても、唇で触れられたことなど無かったのだ。

訝《いぶか》しそうに顔を上げた峻成に、啓斗がくすりと笑って告げる。

「陽太、お尻を口でされるの初めてだから、驚いちゃったんだよ」

ねえ？　と囁かれても、胸を揉まれながらでは甘い喘《あえ》ぎしか紡げない。

だが、峻成にはそれで充分通じたようだった。かけたまま、ずれて曇っていた眼鏡《めがね》を外し、放り捨てる。

床に叩き付けられたレンズが割れる音は、峻成に残されていた僅《わず》かな理性が砕け散った音でもあったのかもしれない。

初めて見る眼鏡をかけていない素顔には、冷静沈着な若きエリートの面影など無かった。そこに居るのは猛々《たけだけ》しい獣《けもの》だ。乱暴な手付きでネクタイをむしり取り、シャツを脱ぎ捨てる所作にすら雄の色気が漂《ただよ》っている。

「峻成、さん……」

これからこの獣に食い荒らされる。秘めておくべき場所を暴かれ、ぐちゃぐちゃにされて貫かれる。

　恐怖と恍惚がない交ぜになり、蕾が無意識にひくりと蠢いた。誘うかのような動きに、獣は荒い呼吸を繰り返しながら獲物に喰らい付く。太股ごと担ぎ上げられた腰が、ぐっと浮かび上がった。

「ああああっ！　あ、あ、あーっ」

　入り口の肉にやんわりと歯を立てられ、蕾に尖らせた舌が入り込む。

　たっぷりの唾液で濡らされていた蕾は、久しぶりであるにもかかわらず容易に峻成の舌を迎え入れた。容赦《ようしゃ》無く胎内《たいない》を味わわれ、柔らかさと弾力を確かめるように尻たぶから太股を執拗に揉みまくられる。

　縋《すが》るものが欲しくて、陽太は胸に顔を埋めたままの啓斗をぎゅっと抱き締めた。自ら押し付ける格好になった啓斗が、今までとは違う方の乳首をしゃぶり、峻成の動きに合わせて吸い上げる。

　まるで、上半身は啓斗の、下半身は峻成のものになってしまったみたいだと、陽太はぼんやりと思った。

　行為が始まった時から峻成に喰われ続けた下肢は今や峻成の唾液に塗《まみ》れて、峻成の匂いを纏っている気さえする。そして、執拗に揉み上げ続けられた胸は、啓斗の手の中でうっすらと膨らんできたような――。

女性との経験も無く、ごく最近まで無垢《むく》だった身体は、啓斗に拓《ひら》かれて快楽を知り、兄弟二人がかりで全く違うものに変化させられていく。

兄弟二人に分かち合われる獲物。

それぞれ毛並の異なる猛々しくも美しい獣たちは、陽太が望みさえすればその牙《きば》と爪《つめ》を収め、陽太を貪《むさぼ》ってくれる。陽太の存在が、まだ危うい兄弟の仲を繫《つな》ぎ止めている。

…それはなんて、幸せなことだろう。

「あ…んっ、あっあっあっ、タキさ、ん、あっ、峻成さぁ…んっ」

快楽に霞む意識から、姉に対する罪悪感は急速に薄らいでいった。代わりに陽太を支配するのは、もっと二人に喰らわれたいという衝動と欲望だ。

「もっと…っ、もっと、下さい…」

胸で蠢く啓斗の頭をぎゅっと抱き締め、ねだるように乳首を押し付け、蕾を貪り続ける峻成を太股で挟み込む。

「もっと、二人で…俺を、ぐちゃぐちゃに、して…ぇっ、あ、ひぁああっ！」

懇願した瞬間、乳首を千切らんばかりに噛まれ、胎内に舌とは違う硬いものが一気に入り込んだ。性急に動き回り、ぐちょぐちょと胎内をほぐすのが峻成の指だと気付くより早く指は三本に増やされる。

　ふやかされた入口を拡げられ、胎内を強引に解される時間は、そう長くはなかった。はあはあと陽太にも聞こえるほど荒い息を吐き出しながら、峻成が指を引き抜き、ベッドの上に膝立ちになる。

「あ、…あ…」

　ファスナーが下ろされ、露《あらわ》にされた峻成の雄を、陽太は啓斗に背後から上半身を抱き締められた格好で見せ付けられた。

　義兄だった頃は男としての欲望など欠片《かけら》も匂わせなかったのに、峻成の雄は長さこそ啓斗に若干劣るものの、その分太くて、陽太を求めて猛り狂う姿は恐れを覚えるほどだ。もはや扱く必要も無く、支えられなくても自力で聳《そび》え立つ偉容に、啓斗がヒュウっと口笛を鳴らす。

「大丈夫だよ、陽太。ほら、力を抜いて？」

「た、タキさん…」

「陽太は僕のを、何度も受け容れて、気持ち良くなれたでしょ？　その時のことを思い出せばいいんだよ」

　親切ごかした忠告には、峻成に対する優越感と挑発がたっぷりと滲んでいた。

　この場に居合わせれば、誰もが察しただろう。これから峻成が突き入れようとしている愛しい少年の胎内は、既《すで》に啓斗という男を知っている…啓斗は異母兄に、そう告げているのだと。

けれど、熱と快楽に侵された陽太はそんなことすら判断出来ず、素直に忠告に従おうとした。少しでも身体に受ける衝撃を和らげたい一心だ。だが、それが逆効果にしかならないのだと、陽太はすぐに思い知ることになった。

「あ…あっ、あ、ひっ、ああああーっ！」

ぐっと脚を抱え上げられ、入り口に熱い肉の先端を感じるや否や、充溢《じゅういつ》した雄が一息に胎内を奥まで貫いた。

久しぶりに男を受け容れる胎内が、太い肉茎に容赦無く拡げられる。まるで灼熱《しゃくねつ》の杭《くい》に串刺《くしざ》しにされたかのような衝撃に、見開いた双眸から生理的な涙が零れた。峻成はまだ少しも動いていないのに、ただ中に居座られているだけですさまじい圧迫感と痛みに襲われる。

「陽太、君…」

「あっ…ぁ…！」

だが、峻成の熱のこもった囁きが聞こえた瞬間、痛みの中に確かな快感が混じる。行為が始まってから峻成はあまり喋《しゃべ》らず、陽太を味わうのに夢中になっていたから、声を聞くのは久しぶりだった。

何度も瞬きをして涙を振るい落とすと、啓斗が背後から抱き起こしてくれたおかげで、思いがけず間近に峻成の欲情に染まった端整な顔がある。

「今…、君の中に居るのが誰か、わかるか…？」

「ん…、峻成、さん…峻成さんが、俺の、中に、居る…っ」

こうして声を発するだけでも胎内で脈打つ峻成の存在を感じてしまうのに、わからないはずがない。こくこくと頷く陽太に、峻成は熱い口付けを落とす。

「私を、覚えてくれ…啓斗だけではない。私を、君の中に、刻み込んでくれ」

「ああ…っ、…ぁんっ…」

小さく腰を揺らされたとたん、繋がった部分から紛れも無い快感が駆け抜け、陽太は身悶《みもだ》えた。

峻成が陽太の中でこんなにも存在を主張しているのは、陽太に自分を刻み付けたいからなのだと思うと、痛みは甘い疼きに変化する。峻成を陽太の中に受け止めて、峻成のものになってあげたくなる。

「峻成さん…、俺、覚えるから…」

ともすればみっともなく喘いでしまいそうになりながら、陽太は自分の薄い腹に両手で触れた。その奥で陽太を欲して泣いているはずの雄を、愛撫するかのように肉越しに撫《な》でる。

「峻成さんも、ちゃんと、覚えるから…だから……教えて…?」

「陽太君…!」

「あっ！　あっ、ああっ、あー…っ！」

担ぎ上げられた脚ごと、身体を折り曲げるように突き上げられる。

啓斗に抱き締められているせいで、雄はほぼ垂直に胎内を抉《えぐ》り、信じられないくらい奥まで入り込んできて、頭の中で何度も光が弾けた。

浅く深く、陽太を翻弄《ほんろう》するように律動する啓斗と違い、峻成のそれは年上の余裕などどこにも無い、獣のように激しいものだ。情け容赦無く胎内を掻き混ぜられ、揺すり上げられ、突き上げられるたびに、胎内が熱くてたまらなくなる。熱いのか気持ち良いのか、それすらも判断がつかなくなる。

「としな、り、さん、もっと、ゆっくり…あ、ああっ、あん！」

未知の快感が恐ろしくなり、思わず峻成の鍛えられた腕に縋るが、ますます激しく胎内を突かれるだけだった。

ぐじゅぐじゅという水音を聞かなくても、滑らかに出入りする雄と峻成の濃い下生えを尻に感じれば、峻成の先走りと唾液が潤滑剤の役割を果たし、あの恐れをなすほど大きなものが根元まで嵌《は》め込まれているのがわかる。

啓斗が密着した峻成と陽太の間に手を差し入れ、妖《あや》しく蠢かせた。峻成の硬い腹筋で擦られ、勃《た》ち上がりかけていた性器を、きゅっと握り込まれる。

「馬鹿だねえ、陽太。あんなこと言われたら、優しくなんて出来るわけないのに。ましてや兄さんは初めてなんだから」

「あ…、あっ、タキさん…っ」

「勿論《もちろん》、陽太は僕のこともちゃあんと覚えてくれるんだよね？」

峻成の突き上げに合わせて性器を慣れた手付きで扱かれたら、陽太にはがくがくと頷くことしか出来なかった。自分の肩越しに獣たちが睨み合っていることなど、気付く余裕は無い。ただ兄弟に挟まれ、全身を喰らわれながら、狭い胎内で暴れ狂う雄を受け止めるしかない。

「うああっ！　あ、あああっ、ああ……！」

このままじゃ壊れる、と思った瞬間、臍《へそ》の奥まで雄が入り込むのを感じ、大量の精液がぶちまけられた。極めてもなお硬さを失わない精気漲《みなぎ》る雄が、奥へ奥へと熱い液体を送り込む。

「や…あん、峻成さん、あ、熱い…」

啓斗とはまた違うその逞《たくま》しさと形、そして感触を、陽太は自ら腰を揺すり、雄を銜《くわ》えたまの腹をぎゅっと抱き締めて刻み込んだ。その仕草が、まるで中で出された感触に酔いしれ、胎内の雄と精液をじっくり味わっているように見えることには当然思い至らない。

「…陽太、君…」

「いやあっ…あ、また、おっきく…」

抱き締めた腹の中で、入ったままの峻成がどんどん硬くなっていく。再び脚を担がれ、抜かれないまま続けて挑まれるのかと思ったが、啓斗が止めに入った。

「駄目だよ、兄さん。最初は譲ってあげたでしょ？　順番は守ってくれなくちゃ」

「…その次は、私がまたやらせてもらうぞ」

不穏なことを不機嫌そうに言い放ってから、峻成はまだ息が整わない陽太の頬に何度も口付け、ゆっくりと雄を引き抜いた。

いっぱいに中を満たしていた雄が出て行くのを、精液を擦り込まれてすっかり雄の虜《とりこ》になってしまった内壁が絡み付いて引き止める。黒い瞳《ひとみ》を辛そうに眇《すが》めた峻成は、順番待ちの啓斗が居なければ、陽太を荒々しく組み敷いて、小さな身体が壊れるのも構わず犯しまくっていただろう。

きっと、今我慢した分は後で存分に晴らされるはずだ。ずっと男の逞しい胴を受け容れていたせいで、自分では閉じられなくなった太股の内側をいやらしく撫でる手付きは、まるでここを後でぐしょぐしょに濡らしてやると教え込んでいるようだったから。

陽太を四つん這いにさせた啓斗が、蕾から溢れる精液を再び胎内に押し戻しながら、白い尻を撫で上げる。濡れた手の感触に、陽太はやっと自分が峻成の一突きで達していたことに気付いた。

「すごいね…、陽太。兄さんのを銜えて、広がってる…」

「やっ…、あっ、タキ、さ…んっ」

「次は僕だよ。僕を覚えて…陽太…」

「あっ…あ、ああ……！」

ふっくらと綻《ほころ》んだ入り口にあてがわれた雄が、自らの存在を主張するかのように少しずつぬかるんだ胎内に入ってくる。逆流しかけていた峻成の精液が、啓斗の雄によって再び胎内に押し込まれる。

腹に精液を溜《た》めこみ、立て続けに犯されるのは初めてのことで、陽太はくずおれそうになる身体を懸命に支えた。ふと気配を感じて顔を上げれば、何時の間にか全裸になった峻成が陽太の前で膝立ちになり、股間を晒《さら》している。

「陽太君…、いいか…?」

「う、ん…っ」

雄々しく反り返ったものを口元に突き付けられれば、何を求められているのかは嫌でもわかる。

後ろから意地悪く揺さぶられて苦労したが、陽太はなんとか口内に峻成のものを迎え入れた。雁首《かりくび》が大きすぎるせいで少し歯を立ててしまったものの、それすらも峻成の興奮を煽《あお》るらしく、後頭部に手を回され、股間に顔を押し付けられる。

喉の奥に先端がぶち当たっても全部は入りきらなかったが、峻成は構わず腰を使い始めた。口いっぱいに広がる、噎《む》せ返るほどの峻成の味。腹の中では啓斗が突き上げるたびにちゃぷんちゃぷんと峻成の精液が音をたて、存在を主張する。きっと、これからすぐに啓斗の精液も加わるだろう。

陽太の中で、兄弟が一つに繋がっている。陽太が兄弟を繋ぎ止めている。

幸せな現実を、陽太は湧き上がる快感と一緒に噛み締めた。

冷蔵庫から水を取って戻ったら、ベッドの上ではまだ峻成が陽太を仰向けに組み敷き、荒々しく腰を突き立てていた。

重厚な造りのベッドのスプリングが激しい動きに耐え兼ねてぎしぎしと悲鳴を上げるが、それも峻成の股間と陽太の尻がぶつかり合う音に掻《か》き消されてしまう。尤《もっと》も、幼い頃から十年以上共に暮らした啓斗でさえ初めて見る野獣のような顔をした異母兄には、陽太が零すあえかな喘ぎ以外は何も聞こえていないだろうが。

すごいな、と啓斗は内心感嘆する。

峻成が陽太と念願叶って繋がってから、これで五度目にはなるはずだ。やりたい盛りの十代でもあるまいに、やはり啓斗が睨んだ通り、峻成は淡白と見せかけて本気の相手には絶倫になるらしい。陽太の中から抜け出ては沈む怒張は、未《いま》だに最初と変わらない雄々しさを保ち、まだまだ足りないと咆哮《ほうこう》しているかのようだ。このまま放っておいたら、何度でも挑み続けるだろう。

「…兄さん。その辺にしておいてあげたら？」

さすがに陽太が心配になってきて、啓斗は峻成の肩をそっと押した。

数時間もの間、かわるがわる峻成と啓斗に抱かれ続けた陽太は、もはや殆ど意識も保てていないようだ。峻成の身体の下で両腕を投げ出し、峻成に抱えられた脚だけがぶらぶらと揺れている。啓斗が執拗に可愛がり続けた胸は、間接照明の仄《ほの》かな光の下で、心なしか少し膨らんでいるように見える。

白い肌は兄弟が競うように痕《あと》を刻み込んだせいでどこもかしこも紅い痕だらけで、顔面や腹、太股の内側を精液でぐしょ濡れにされている様は、年齢よりも幼い顔立ちもあいまって憐《あわ》れですらあった。

だが、峻成同様、啓斗にも陽太を憐れむ資格など無いだろう。啓斗とて、峻成と同じだけあの従順で愛らしい身体を貪ったのだから。陽太の口の端に少し付着した白い粘液は、ついさっきまで夢中になって啓斗を咥えさせていた名残だ。喉奥に何度注いでも満足出来ず、頭を冷まそうと思って水を取りに行ったのである。

「…駄目だ。まだ、足りない…」

「あ…、ん、ん…」

「陽太君…、私の、可愛い陽太君…」

「や…ん、と、しなり、さ…あぁん…」

啓斗などお構い無しに欲望を叩《たた》き付ける峻成の下で、陽太は仔猫のように甘く泣き続けている。いっそ完全に意識を失ってしまえば楽になれるのに、二人がかりで愛された身体は与えられる快感を残らず拾ってしまうらしい。その素直さと従順さが、また峻成を煽り立てているのだから、皮肉なものだ。

ペットボトルの水を呷《あお》り、ベッドに乗り上げる。

水を口移しにしてやろうと思っていただけなのに、涙の膜に覆われた目を見た瞬間、啓斗の中にもまだくすぶり続けていた欲情に火が点《つ》いた。からからの喉に水を送り込んでやり、そのまま舌を絡める。冷えた水は熱を冷ましてくれるどころか、陽太の小さな舌の柔らかさをよりはっきり感じさせ、啓斗を煽った。

「ん…、ぅ、…タキ、さ…」

「いい子だね、陽太…」

深い口付けの最中、少しだけ唇を離してやると、陽太は尻を犯される快感によがりながらも啓斗を呼んだ。これだけ身勝手な欲望を叩き込まれても、きちんと兄弟それぞれを愛してくれている証《あかし》に思えて、啓斗の中の愛しさも募《つの》る。

『タキさんは峻成さんが憎いから復讐《ふくしゅう》しようと思ったんじゃない。寂《さび》しかったから…悔《くや》しかったからでしょう？』

陽太はいつだって、啓斗自身でさえ気付いていなかった心の暗い部分を照らしてくれる。峻成にとって陽太が天使なら、啓斗にはその名の通り、太陽だ。包み込んでくれる眩《まぶ》しくて暖かな日差しを知ってしまったら、もう二度と日陰には戻れない。他の何を犠牲にしても、陽太だけは手放せない。

陽太が兄弟二人とも好きなのだと、だから選べないのだと泣いた時、啓斗は峻成も自分と同じ気持ちなのだと目を合わせただけで看破《かんぱ》した。強制的に選ばせて苦しませ、二人の前から消えてしまわれるよりは、二人で共有する方がずっといいに決まっている。

……今だけは。

「陽太…、陽太…」

誘うように色付いた乳首に、啓斗はかぶりついた。

勝手に拝借したローブの下で、鎮まったはずの欲望が鎌首《かまくび》をもたげる。もう何度も貫いた胎内に再び押し入って、中に精液を注ぎ込んでやりたくてたまらない。同じく陽太を分かち合う兄よりも、もっと多く、もっと奥まで。

胸を焦がすこの欲望、そして独占欲は、一体どこから来るのだろう。啓斗は不思議でならなかった。

今まで、他人に対して自分でも持て余すほどの熱情を抱いたことなど無かった。異母兄は特別な存在だったが、あくまで家族としてであり、抱きたいとも抱かれたいとも思わなかった。ごく稀に執着するのは、決まって人間以外のものだった。

義母にレイプされてからは、人間そのものに嫌悪感を抱くようになった。特に女は駄目だ。傍に居られるだけで虫唾《むしず》が走る。それでもホストという職業を選んだのは、年齢を誤魔化《ごまか》して働ける上、自分の容姿を最大限に活かせるからだ。この容姿に釣られる馬鹿な女は存外に多くて、啓斗は瞬《また》く間にトップに上り詰めた。

ホストにはご法度とされる枕営業を疑う同僚も居たが、自分からゲストに手を出したことなど一度も無い。汚らわしい女の肌など、触れるのもまっぴらだった。金離れのいい太客《ふときゃく》がどうしてもと望み、店からも促された時には仕方無く相手をしたが、自慰をさせ、道具を突っ込んでやるだけだ。啓斗の前で発情した猫のように喘ぐゲストは義母にしか見えず、帰宅してから何度も身体を洗うのが常だった。

初めてなのだ。こんなふうに、憑《つ》かれたように他人を求めるのは。

陽太には啓斗が余裕たっぷりに見えていたかもしれないが、それは峻成に対して見栄を張っていただけだ。二人とも選んだのだとしても、陽太を最初に犯したのは啓斗だと、ことあるごとにひけらかしたかった。

「あ…っぅ、ん、タキさん、タキさぁん…」

投げ出されていた手を胸元に導いてやると、望み通り、陽太は啓斗の頭を縋るように抱き締めてくれた。女とは違う、柔らかさの無い胸に押しつけられると、快感と共に強い歓びが湧き上がる。啓斗の太陽が、啓斗を照らしてくれている。

他人との触れ合いを心地良く感じる日が来るなんて、思いもしなかった。ましてや、自分のものにするため、胎内にまで入り込み、種をつけてやりたいと願うことなんて、天地が引っくり返っても無いはずだった。

「ねえ、陽太…兄さんと一緒に、僕も受け容れてくれる…？」

陽太の下肢ではまだ峻成が尻を鷲摑《わしづか》みにし、腰を穿《うが》ち続けている。初めて陽太と繋がり、今まで啓斗に抱かれてきた分まで注ぎ込んでやろうと躍起になっている峻成だ。この分では満足して啓斗に交代してくれるのは当分先になるだろうが、そんなの待てそうにない。

今すぐ欲しい。一滴も、陽太の外では出したくない。苦しそうにしながらも懸命に咥えてくれる小さな唇もいいが、やはりあのねっとりとして熱い胎内に包まれて果てたい。

「う…ん、タキさん…」

もしかしたら、陽太は啓斗の願いを承諾したわけではなかったのかもしれない。峻成に尻を高く抱えられ、性器を揉み込まれているのでは、まともな判断など下せないだろう。それでも、陽太が頷いたのだから、啓斗には充分だった。

「兄さん」

呼びかけると、峻成は繋がったまま陽太を起こし、向かい合う体勢になった。啓斗と陽太の会話は聞こえていたらしい。

てっきり自分が出すまで待てとか、陽太の身体のことも考えろとかごねられると思っていただけに、協力的な態度には驚かされたが、兄はただ親切心から行動したわけではなかったようだ。兄を若き改革者として崇拝する部下が見たら卒倒しそうな獣めいた笑みを浮かべ、啓斗を手招く。

「来なさい。私かお前か、どちらの具合がイイのか陽太君に判断してもらう良い機会だ」

「…意外。陽太のちっちゃな身体が壊れちゃうかも、とか言わないんだ？」

「陽太君は私たちを愛してくれているんだ。私たちのために存在する身体が、壊れるわけがないだろう？」

突き刺される角度が変わり、感じる部分を抉られても、陽太は見開いた目から涙を零すのがせいぜいだ。これから自分が何をされるのかなんて、わかっていないに違いない。

啓斗が言うのもなんだが、陽太はつくづくたちの悪い男に捕まったものだと思う。啓斗だけならまだしも、峻成まで。経験上、元々捻《ね》じ曲がっている人間よりも、元は生真面目だったのに開き直った人間の方がより悪辣《あくらつ》だ。今まで鬱屈《うっくつ》してきた分、峻成の愛情は啓斗よりもいっそう狂気に近いのかもしれない。

そんな二人を自ら望んでくれた陽太は、きっとまだ自分が選んだ男たちがどれだけ悪質で、どろどろとした執着の塊なのか気付いていない。いつか陽太が真実に辿《たど》り着き、この腕から逃げ出したくなる日が来ても飛び立てないよう、幾重にも鎖をつけ、楔《くさび》を打ち込んでおかなければならない。

裸になった啓斗が陽太の背後に回ると、繋がった部分を愛おしげになぞっていた峻成が陽太の尻を持ち上げた。

胎内に収まっていた雄が少しだけ姿を現す。我が兄ながら立派なものだ。更に自分が加わるのは陽太にとっては酷でしかないとわかってはいるが、兄を一生懸命に頬張り、精液で汚された蕾にどうしようもなくそそられてしまうのだから仕方が無い。

「陽太…、いくよ…」

「あっ…あっ、ああっ！　や、だめ、だめえっ」

硬い先端でぴっちりと雄を銜え込んだ蕾を拡げ、無理矢理入り込む。

激痛が走ったのだろう。半ば意識を飛ばしかけていた陽太が身体を強張《こわば》らせ、四肢をばたつかせる。こちらを振り返る濡れた目は、未知の恐怖に揺れていた。

その目に憐憫《れんびん》ではなく欲情を掻き立てられたのは、峻成も同じだったのだろう。いや、と囀《さえず》ろうとしていた唇は、頭ごと荒々しく前に引き寄せられ、奪われる。

呼吸までも奪い尽くしてしまいそうな激しい口付けに翻弄され、陽太の身体から力が抜けたのを、啓斗は見逃さなかった。兄に占領されている胎内を掻き分け、一気に奥まで侵入を果たす。

「やっ…あ、ああ、いやああっ……！」

「は…、あ、陽太…」

許容量を超えた異物を追い出そうと、拡げられた胎内が啓斗と峻成を締め付ける。陽太の味わっている半分にも満たないだろうが、きつい締め付けは啓斗にも痛みをもたらした。食いち

ぎられてしまいそうだ。

だが、兄のものと擦り合わせるように腰を揺らすうちに、これまでに注ぎ込まれた精液が潤滑剤の役割を果たし、だんだん滑らかに動けるようになってくる。啓斗同様、苦痛に眉を顰《ひそ》めていた峻成も、陽太の両腕を鷲摑みにして腰を振りたてていた。その欲情に染まってさえ端整な顔に滲むのは、紛れもない歓喜だ。

愛しい陽太を弟と分かち合わなければならないのは業腹だが、他の何も中に入れないよう二人がかりで責め立て、陽太の中をいっぱいに満たすことには歓びを感じる。

峻成の心中は、啓斗には手に取るようにわかる。啓斗とて同じだから。兄弟に挟まれて前から後ろから犯され、兄弟のことしか考えられなくなっている陽太が、愛しくて仕方が無いのだから。

「は…あっあ、あ、峻成、さん、…タキ、さん……!」

「陽太君…、私の陽太君…愛している、愛している、愛している…」

「陽太、好きだよ、陽太…君だけを、愛してる…」

弱々しい悲鳴を上げ、射精を伴わない乾いた絶頂に達する陽太に、兄弟は同時に想いのたけを注ぎ込んだ。

流石《さすが》に、気力も体力も限界に達したのだろう。兄弟を同時に受け容れた後、陽太は失神してしまい、啓斗と峻成は二人で精液塗れの身体を清めた。

口論の末、啓斗が髪を、峻成が身体を担当することになったが、二人を受け容れた蕾を洗うのだけは譲れなかった。結局、そこは二人仲良く指を使って掻き出し、清めてやった。久々の兄弟の共同作業がこれとは、あまりに自分たちらしくて笑えてくる。

シーツを交換したベッドに、陽太を真ん中にして三人で横たわる。前髪を下ろし、いつもより若い印象の兄は、飽かずに陽太の髪を梳《す》いては頬や項《うなじ》に口付けていた。それだけなら疲れ果てて眠る弟を見守る優しい兄だが、眼鏡に隠されていない漆黒の双眸に揺らぐのは慈愛ではなく欲情だ。啓斗が引いてしまうほど貪ったのに、まだ足りていないらしい。

「…何をする」

思わず陽太にこちらを向かせ、腕の中に抱き込んだら、峻成が不機嫌そうに唸《うな》った。奪い返そうとする兄の手を、啓斗はぺちんと叩く。

「兄さん、放っておいたらまたヤり始めそうなんだもの。これ以上は禁止」

「ただ、触っていただけだろう」

「その触り方がいやらしいんだよ。今、自分がどんな顔してるかわかってる？　…全く、童貞《どうてい》じゃあるまいし、盛りすぎでしょ」

自分も同じだけ陽太を貪ったのは棚に上げ、嫌味をぶつけてやる。だが、童貞なわけないだろうと憤慨するはずの兄は、端正な顔をぎくりと強張らせた。まるで図星を指されたかのような反応に、啓斗はまさかと思いつつ尋ねてみる。

「あのさ…まさかとは思うけど、兄さん……今日が初めてだった、とかじゃないよね？」

容姿にも財産にも恵まれた峻成は、相手には事欠かなかったはずだ。まだ啓斗が一緒に暮らしていた頃も、バレンタインデーには大量の本命チョコレートを贈られていたし、自宅まで押しかけてくる同級生は何人も居た。偽装とはいえ婚約までしていたのだから、三十二歳で童貞だなんてありえない。

だが、啓斗の視線に晒され、居心地悪そうに顔を逸らしていた峻成は、とうとう観念したように頷いたではないか。

「…はっ？　童貞？　本当に童貞なの？　あんなにもてまくってたくせに、三十二年間も何やってたの？」

「し…、仕方が無いだろう。初めては愛する人としたかったし…その気になれる相手が居なかったのだから」

「相手が居なかった、って…じゃあ、陽菜《ひな》は？」

「…婚前交渉はしたくない、と言って待ってもらっていた。流石に、式を挙げたら抱かなければならないとは思っていたが…」

つまりこの男は、今まで大量の据《す》え膳《ぜん》も無視して、初めては好きな人と、などという乙女のような幻想を抱き続けていたわけだ。

今時、婚約者を初夜まで抱かない男なんてそうそう存在しない。陽菜が啓斗の罠《わな》に嵌まったのは、啓斗の美貌や巧みな話術だけではなく、峻成が手を出してくれないという女としての屈辱も手伝ってのことだったのだ。流石に陽菜はそこまでは話してくれなかったので、初耳である。

「うわー……」

啓斗は天を仰ぎたくなった。後生大事に守り続けてきた童貞を、峻成は今日、めでたく陽太に捧げたわけだ。どうりで、余裕など無く、野獣の如く陽太を貪り続けたわけである。生まれて初めて男としての本懐を果たしたのだ。しかも、念願叶って愛する者の胎内に種を注ぎ込むことが出来た。さぞ気持ち良かっただろう。猛り狂うなと言う方が無茶だ。

「陽太、本当に可哀想…だから、僕だけにしておけば良かったのに…」

たとえるなら今の峻成は、初めてセックスの快感を知った十代の少年だ。知能と体格と財力は並の大人以上なだけに、いっそうたちが悪い。陽太の大学はもうすぐ夏季休暇に入るが、長い休みの間、陽太は毎日峻成に求められ、精を注がれ続けて、ベッドルームから出してもらえないかもしれない。

「自分は別のように言うんじゃない。お前だって、私と似たようなものだろう。陽太君にあんな恥ずかしいことばかり言わせて、やらせて…」

「…よく言うよ。兄さんだって愉《たの》しんでたくせに」

「それは……まあ、否定はしないが」

頬をほんのりと紅《あか》く染める峻成は、きっと啓斗が陽太をさんざん女の子扱いして、卑猥な言葉やポーズを連発させたことを思い出しているのだろう。今にして思えば、あれは童貞には刺激が強すぎたかもしれない。

「…う、…ん…」

腕の中で陽太が小さく呻《うめ》き、もぞもぞと身動いだ。きつく抱き締められて窮屈だったようだ。寝やすいようベッドの真ん中に仰向けにしてやり、左右から兄弟がやんわり抱いてやると、眉《み》間《けん》の皺が解けて安らかな寝顔になった。

兄と二人して愛らしい寝顔を眺める。一度は絆《きずな》を断たれたはずの兄弟が、こんなにも穏やかな時間を持てるのも、軽口を叩きあえるのも、全ては陽太のおかげだ。峻成の天使。啓斗の太陽。

「啓斗…お前、いつまで今の店に勤めるつもりだ?」

「…どうしたの、いきなり。まあ、あと三年は居ようかと思ってるけど」

ホストのピークはだいたい二十五歳から三十歳の間だと言われている。三十代を過ぎるとだいたいのホストが辞めるか、独立して自分の店を構えるかの選択を迫られるのだ。それは啓斗でさえも例外ではないが、啓斗はこの歳にして今すぐ辞めても自分一人一生食べていくのに困らないだけの貯えがある。この調子であと三年も稼げば、陽太と共に一生安穏と暮らせるだけの金が出来るだろう。

「なら、三年したら藤堂《とうどう》に来てくれないか。ちょうどその頃に、私も代表取締役に就任する予定だ。秘書兼役員として支えてくれれば心強い」

「…本気?」

峻成に啓斗という異母弟が存在することは、一定以上の役職にある者なら誰でも知っている。社長だった父親が追い出され、義母の民子《たみこ》が遠い保養所に入れられた後に異母弟が入社してくるのでは、色々と憶測を呼ぶだろう。新社長となる峻成にとって、啓斗は決して有益なばかりの存在ではない。峻成とて、充分承知しているはずだ。

「勿論《もちろん》、本気だ。何も、お前が私の弟だからというわけではない。人の心を操るお前の能力は、こちらでも充分役に立つだろうと思うから誘っているんだ。…私と一緒に来てくれないか?」

単に峻成の秘書になることだけを示しているのではないと、啓斗はすぐに悟った。

どちらも選べないのなら、選ぶ必要は無い。どちらも愛してくれればいい。陽太にはそう言ったが、それが峻成と啓斗の本気であるわけがなかった。いくら兄弟でも、愛しい陽太を共有などしたくはない。自分だけを見詰めさせて、自分だけを愛させたい。今の段階では不可能だったから、とっさに手を組んだまでの話だ。これからは、上辺は仲良く三人で過ごしながら、陽太を自分だけのものにすべく兄弟で争うことになるのだろう。

峻成の誘いに乗れば、峻成の行動を逐一監視出来るのと引き換えに、啓斗もまた同じ立場に置かれることになる。断るのは簡単だ。だが、啓斗は口を開くより前に首を縦に振っていた。この兄から、引き下がりたくなかったのだ。

「……いいよ。ずっと兄さんと一緒に居てあげる」

だから自分を出しぬいて陽太を奪い去れるとは思うな、と含みを持たせてやれば、峻成は苦笑した。かつて、啓斗が大好きだった『兄さん』の顔だ。だがそれもすぐに、愛する者のためなら何でもする打算的な男のそれに変化する。

「それは頼もしいな。…よろしく頼むよ」

「…うん」

互いに頷き合い、共犯者となった後の話し合いは、とても陽太には聞かせられるものではなかった。

大学は通わせてやるが、卒業しても教員にはさせず、言い包《くる》めて藤堂に就職させる。勿論、名ばかりの社員だ。その頃には陽太の身体はすっかり兄弟に堕とされているはずだから、実際にはこのマンションに軟禁し、峻成と啓斗の伴侶《はんりょ》にしてしまう。もし万が一、陽太が抵抗して逃げ出したとしても、陽菜は藤堂の系列の施設に入っているのだ。人質としてちらつかせれば簡単に連れ戻せる。新しい春に浮かれている陽太の父親は、成人した息子のことなどいちいち顧みたりはしないだろう。

陽太はどこにも逃げられない。もう二度と無垢だった頃には戻れない。一生、峻成に甘やかされ、啓斗に可愛がられて生きるしかないのだ。

痛いほどの視線を感じたわけでもないだろうが、陽太がまた寝返りを打ち、こちらに背中を晒す。傷一つ無い陽太とは対照的に、啓斗と峻成の背中には、陽太がしがみついた時の爪痕が刻まれているはずだ。二人の兄弟に刻み込まれた、二つの爪痕。兄弟が陽太の虜になった証であり、陽太が兄弟のものになった証でもあると思えば、微《かす》かな痛みすらも愛おしい。

ふと上げた視線が重なった瞬間、互いに同じ気持ちだと悟り、兄弟は何も知らずに眠る天使に口付けた。

あとがき

こんにちは、キャラ文庫さんでは初めまして。宮緒葵《みやおあおい》と申します。本をお手に取って頂き、ありがとうございました。

『二つの爪痕』は、元は雑誌の小説キャラさんに掲載して頂いたお話です。ありがたくも文庫化のお話を頂いたおかげで、陽太のその後も無事書くことが出来ました。まあ、陽太はちっとも無事じゃなかったわけですが…。

両方ともお読み下さった方はおわかりでしょうが、書き下ろしの後半部分はほぼあのシーンです。雑誌では書き切れず、泣く泣く諦めたシーンを、ここぞとばかりに盛り込みました。今思い返してみても、書き下ろし分を書いていた頃の自分は何かにとり憑かれていたようだったなと…。完成後に読み返したら、あれ、私こんなシーン書いたっけ？　と首を傾げることも何度かありました。私の場合、どんなお話でも多かれ少なかれそういうことはあるんですが、『二つの爪痕』では特に多かったような気がします。

それもこれも、全ては峻成のせいです。普段まともで理性的な人ほど一旦切れるとどこまでも果てしなく狂っていく典型のような男ですからね。実はタキの方が人生の荒波に揉まれている分、人間的にはまともなのかもしれません。色々と始まったばかりの峻成と、一点集中粘着質なタキに執着されてしまった陽太には、頑張ってねとしか言えません。あの二人のことなので、違和感を持たれないよう、じわじわと包囲網を狭めていくでしょうが。

今回のイラストは兼守《かねもり》美行《みゆき》先生に描いて頂きました。兼守先生、雑誌から引き続きありがとうございました！　私の好みは峻成の方だったんですが、兼守先生の描いて下さったタキがあまりに色っぽくて、一気にタキに傾いてしまいました。眼鏡美形の峻成と童顔の陽太と、三人とも書くのが楽しくて仕方が無かったです。

担当して下さったT様。お声をかけて下さり、また、色々とアドバイスやお気遣いを頂きありがとうございました。これからもどうぞよろしくお願いします。

最後までお読み下さった皆様、本当にありがとうございました。また本を出して頂けたのはひとえに皆様のおかげです。一時でも現実を忘れて楽しんで頂けましたら、とても嬉しいです。ブログにてお仕事情報などをご案内しておりますので、そちらもチェックしてみて下さい。

それではまた、どこかでお会い出来ますように。

宮緒　葵

この本を読んでのご意見、ご感想を編集部までお寄せください。

《あて先》〒105－8055　東京都港区芝大門2－2－1　徳間書店　キャラ編集部気付
「二つの爪痕」係

■初出一覧

掲載の作品に、大幅に加筆しました。

Chara

二つの爪痕

【キャラ文庫】

2013年6月30日　初刷

著者　宮緒葵
発行者　川田修
発行所　株式会社徳間書店
〒105-8055　東京都港区芝大門2-2-1
電話048-451-5960（販売部）
03-5403-4348（編集部）
振替00140-0-44392

印刷・製本　株式会社廣済堂
カバー・口絵
デザイン　百足屋ユウコ・うちだみほ（ムシカゴグラフィクス）

ISBN978-4-19-900715-6

投稿小説★大募集

『楽しい』『感動的な』『心に残る』『新しい』小説——

みなさんが本当に読みたいと思っているのは、どんな物語ですか？　みずみずしい感覚の小説をお待ちしています！

•応募きまり•

[応募資格]

商業誌に未発表のオリジナル作品であれば、制限はありません。他社でデビューしている方でもOKです。

[枚数／書式]

20字×20行で50〜300枚程度。手書きは不可です。原稿は全て縦書きにして下さい。また、800字前後の粗筋紹介をつけて下さい。

[注意]

①原稿はクリップなどで右上を綴じ、各ページに通し番号を入れて下さい。また、次の事柄を１枚目に明記して下さい。
（作品タイトル、総枚数、投稿日、ペンネーム、本名、住所、電話番号、職業・学校名、年齢、投稿・受賞歴）
②原稿は返却しませんので、必要な方はコピーをとって下さい。
③締め切りは特別に定めません。採用の方にのみ、原稿到着から３ヶ月以内に編集部から連絡させていただきます。また、有望な方には編集部からの講評をお送りします。
④選考についての電話でのお問い合わせは受け付けできませんので、ご遠慮下さい。
⑤ご記入いただいた個人情報は、当企画の目的以外での利用はいたしません。

[あて先]

〒105-8055 東京都港区芝大門2-2-1
徳間書店 Chara編集部 投稿小説係

投稿イラスト★大募集

キャラ文庫を読んで、イメージが浮かんだシーンをイラストにしてお送り下さい。キャラ文庫、『Chara』『Chara Selection』『小説Chara』などで活躍してみませんか？

•応募きまり•

[応募資格]

応募資格はいっさい問いません。マンガ家＆イラストレーターとしてデビューしている方でもOKです。

[枚数／内容]

①イラストの対象となる小説は『キャラ文庫』か『Chara、Chara Selection、小説Charaにこれまで掲載された小説』に限ります。
②カラーイラスト１点、モノクロイラスト３点の合計４点。カラーは作品全体のイメージを。モノクロは背景やキャラクターの動きの分かるシーンを選ぶこと（裏にそのシーンのページ数を明記）。
③用紙サイズはＡ４以内。使用画材は自由。

[注意]

①カラーイラストの裏に、次の内容を明記して下さい。
（小説タイトル、投稿日、ペンネーム、本名、住所、電話番号、職業・学校名、年齢、投稿・受賞歴、返却の要・不要）
②原稿返却希望の方は、切手を貼った返却用封筒を同封して下さい。封筒のない原稿は編集部で処分します。返却は応募から１ヶ月前後。
③締め切りは特別に定めません。採用の方にのみ、編集部から連絡させていただきます。また、有望な方には編集部から講評をお送りします。選考結果の電話でのお問い合わせはご遠慮下さい。
④ご記入いただいた個人情報は、当企画の目的以外での利用はいたしません。

[あて先]

〒105-8055 東京都港区芝大門2-2-1
徳間書店 Chara編集部 投稿イラスト係